U0726730

中华魂

ZHONGHUA HUN

百部爱国故事丛书

问鼎长天　强我国威

——两弹元勋邓稼先

黄金华　孟庆宇　编著

吉林人民出版社

图书在版编目（CIP）数据

问鼎长天 强我国威：两弹元勋邓稼先 / 黄金华，
孟庆宇编著 . -- 长春：吉林人民出版社，2011.3（2021.8 重印）
（中华魂·百部爱国故事丛书）
ISBN 978-7-206-07572-8

Ⅰ . ①问… Ⅱ . ①黄… ②孟… Ⅲ . ①故事—中国—
当代 Ⅳ . ① I247.8

中国版本图书馆 CIP 数据核字 (2011) 第 032633 号

问鼎长天 强我国威
——两弹元勋邓稼先

WENDING CHANGTIAN　QIANG WO GUOWEI
——LIANG DAN YUANXUN DENG JIAXIAN

编　著：黄金华　孟庆宇
责任编辑：王 磊　　　　封面设计：孙浩瀚
制　作：吉林人民出版社图文设计印务中心
吉林人民出版社出版 发行（长春市人民大街7548号 邮政编码:130022）
印　刷:北京一鑫印务有限责任公司
开　本:787mm×1092mm　1/16
印　张: 8　　　字　数:64千字
标准书号:ISBN 978-7-206-07572-8
版　次:2011年3月第1版　印　次:2021年8月第2次印刷
定　价:35.00元

如发现印装质量问题,影响阅读,请与出版社联系调换。

总　序

　　《中华魂》是一套故事丛书。它汇集了我国自鸦片战争以来一百八十余年间的近百位民族英雄、仁人志士、革命领袖、先进模范人物的生动感人事迹，表现了他们作为中华儿女的伟大的爱国主义精神。

　　爱国主义是人们对于"生于斯、长于斯、衣食于斯"的祖国的一种神圣感情，是人们对于自己民族的一种强烈的责任感和使命感，是感召和激励整个中华民族的一面永不褪色的旗帜。在一百多年的中国近现代史上，爱国主义一直激励着中华儿女为祖国的独立、统一、进步和繁荣而英勇奋斗。从"苟利国家生死以，岂因祸福避趋之"的林则徐，到"我自横刀向天笑，去留肝胆两昆仑"的谭嗣同;从"铁肩担道义,妙手著文章"的李大钊,到"青春换得江山壮,碧血染将天地红"的赵一曼;从"县委书记的好榜样"的焦裕禄,到"问鼎长天,扬我国威"的邓稼先……都表现出了强烈的爱国主义精神。正是由于热爱祖国的人们前仆后继地奋斗,国家和民族才得以生存,才能够在一次次历史危急关头转危为安,走向兴盛和富强,从而屹立于世界民族之林。爱国主义是鼓舞中华儿女历经忧患、跨越沧桑、百折不挠、自强不息的伟大力量,它贯穿于中华民族的整个历史,并有力地凝聚着五洲四海的中国人。

爱国主义是一个历史的范畴,在社会发展的不同阶段、不同时期有不同的具体内容。革命时期,需要我们为祖国的独立自主出生入死;建设时期,需要我们为祖国的繁荣富强增砖添瓦。在全国各族人民团结一心,开启全面建设

社会主义现代化国家新征程的今天,我们要争
做一名新时期的爱国者。新时期的爱国者要有
强烈的民族自尊心、自豪感。民族自尊心、自豪
感是任何时期、任何爱国者都必须具备的情感。
民族自尊心能增强我们自立向上的恒心,民族
自豪感能树立我们建设祖国的信心。要树立
"祖国高于一切"的崇高信念,为了祖国和人民
的利益不惜抛却个人的利益,甚至不惜牺牲个
人的生命。我们要树立终身学习的理念,拓宽
自己的知识面,广泛吸收新知识、新技术,完善
自身的知识结构,更新学习知识的方法与理念,
从思想上、知识上充分武装自己,为祖国的繁荣
昌盛贡献力量。

　　爱国主义思想的继承和发扬,是关系到民
族盛衰、国家兴亡的根本问题。爱国主义思想
情操的形成,需要不断地培养。培养爱国主义
精神的一个重要途径是向英雄人物和典范事迹

学习和致敬。这套丛书的出版,对于青少年向英雄和先进人物学习,特别是对于在中小学生中进行爱国主义教育是不可多得的生动的教材。祝愿此书出版发行成功,为培养时代新人做出贡献。

胡维革

中华魂
百部爱国故事丛书

编 委 会

策　划：　胡维革　　吴铁光

　　　　　林　巍　　冯子龙

主　编：　胡维革　　邢万生

副主编：　贾淑文　　杨九屹

编　委：　（按姓氏笔画为序）

　　　　　于二辉　　刘士琳

　　　　　刘文辉　　孙建军

　　　　　李艳萍　　吴兰萍

　　　　　谷艳秋　　隋　军

我选择了核武器，就意味着选择了牺牲和付出。然而，我对自己的选择终生无悔。假如生命终结之后还可以再生，那么，我仍选择中国，选择核事业。

——邓稼先

目　录

中华魂 百部爱国故事丛书
ZHONGHUA HUN

外国有一本书：《比一千个太阳还亮》。

他献身的事业，亮过一千颗太阳！

当中国的天空腾升起团团的蘑菇云，中国人民扬眉吐气地振臂欢呼第一颗原子弹和第一颗氢弹的爆炸成功之时，外国人震惊了！一位西方政治家在他的备忘录里曾经写下了这样一句话：

"这是自日本打败帝俄以来亚洲最大的军事事件。"

中国，塑造了自己在世界民族之林的新形象。因为中国居美、苏、英、法后成为东方第一个有核国。

然而，他的名字，本应与我国第一颗原子弹同时闪现的，但祖国太珍爱他了，一直保密了很久、很久。正如后来报纸所评论的那样：

> "名字鲜为人知，
> 功绩举世瞩目。"

他，就是两弹元勋邓稼先。

立志科技强国

1924年6月的一天，邓稼先出生在安徽省。他小的时候，每当听到"凤阳花鼓"哀怨的歌声，便觉得黯然心酸。但是，更使他悲愤难忍的是外国人说中国人是"东亚病夫"，是他耳闻目睹日本侵略者践踏祖国半壁河山的种种悲惨景象。

邓稼先雕像

1934年邓以蛰子女在北平，右一为邓稼先。

003
问鼎长天 强我国威
——两弹元勋邓稼先

邓稼先的父亲是一位很有名气的学者，从事艺术美学研究，在清华大学任教。邓稼先到了该上学的年龄，父亲把他从安徽老家接到北平来读书。在父亲的影响下，邓稼先学习非常用功，从来不贪玩。记得有这样一件事情：

有一天，邓先生得知著名京剧演员梅兰芳上台演出，他就为酷爱京剧的儿子——邓稼先买了一张戏票，但是等了好长时间也不见儿子出门，他就推门想召唤，不料发现计算的稿纸散落遍地，原来邓稼先已沉醉于一道趣味数学题之中，正一腿屈放在椅子上，一腿"金鸡独立"于桌前，聚精会神地挥笔运算呢。父亲一见这种情景，就不忍心打扰他，便弯下腰拾起满地的计算稿，然后默默地坐在椅子上，竟忘了去看戏。直到邓稼先"嘿"的一声拍拍脑门笑着说："成功了，看戏去啰！"父亲才猛省，看了一眼挂钟，也笑了，他接着说："好戏已经收场啦。"

人生戏剧总是表现在历史大舞台上的。

日本帝国主义侵略中国并占领了北平。鬼子哨兵规定：凡是路过岗亭的学生必须脱帽致敬。对这个无理的、侮辱中国学生人格的规定，邓稼先异常的气愤。于是，他就想出了应付的办法，不戴帽子。这样，每天就有一个光头、不戴帽子的学生从鬼子岗亭前路过。

有的时候鬼子不让他过，邓稼先就穿胡同，上学迟到了，被老师批评、责罚也不吱声。父亲听到老师告状，知道事情的经过后，也只是一笑了之。

还有一次，日本侵略者占领了我国某一城市，北平的日军就强令学校学生手持日本太阳旗上街游行祝捷。在游行期间，邓稼先把手中的"膏药旗"扔在地上，并用双脚踏过。鬼子发现后，责令校方追查严办。校长查明，又是邓稼先！于是登门拜访邓先生，并对他说："快叫贵子离开北平吧。"邓先生笑着回答道："我正有此意。"

当天晚上，父亲对儿子关切地说："跟你姐姐去天津，乘海轮，绕道上海，去重庆找你叔叔补习课程，然后考西南联大。去吧，孩子，好男儿志在四方……"

从此以后，邓稼先开始了独立的学习生活，并考入了西南联大。

西南联大，坐落在昆明。昆明原本是一个四季如春的美丽城市，但是在抗日战争时期，昆明的上空经常笼罩着日机空袭的阴影。邓稼先和同学们听到警报后，都躲到市郊的防空洞里，有时便在那里复习功课或听课。

邓稼先，他已饱尝了流亡之苦。

他在西南联大，看到了许多教授摆摊卖书，挂牌刻印；看到了许多爱国人士惨遭国民党特务的杀害；看到了广大人民群众反对国民党内战独裁统治而加入的示威游行队伍……这一切都深深地印在了他的脑海里，激起了他强烈的爱国热情。好不容易毕业了，邓稼先回到了北平，任北大物理系助教。

一天，他毅然下决心出国留学。当家里人问他为什么要出国学习时，他表情庄严而深沉地说了一句：

"要科技强国。"

1948年。

邓稼先满怀科学救国的理想去美国留学。他考入了普渡大学的研究生。仅仅两年的时间，他完成了当

杨振宁、邓稼先、杨振平1949年在美国芝加哥大学。

时的物理前沿课题研究，写出了关于粒子方面的论文，荣获了博士学位。有人劝他："稼先，留在美国吧！"

他摇了摇头，笑着挺一挺身，仿佛他那高大的身躯若站在别人的屋檐下，生活就很不自在。

1950年8月19日。

邓稼先放弃了优越的工作环境和生活条件，告别了好友，到洛杉矶港登船回国。

10月，这是金秋的季节。邓稼先和二百多位专家学者回到了祖国母亲的怀抱。

一到北京，他就迫不及待地要到天安门广场去。

邓稼先在金水桥上踱步沉思：回国以后，自己能为获得独立和新生的祖国做些什么贡献呢？他又站立在华表旁边默想，苦难的历史渐渐幻化成庆祝中华人民共和国成立的游行队伍，仿佛听见惊天动地的礼炮声和欢呼声，他情不自禁地吟诵著名爱国者、诗人闻一多教授的一首诗：

"这话叫我今天怎么说，

你不信铁树开花也可，

那么有一句话你听着：

等火山忍不住了缄默，

不要发抖、伸舌头、顿脚，

等到青天里一个霹雳，

爆一声：咱们的中国！"

这首诗，如同运行于他心中的魂魄，好多年以后，当天真烂漫的女儿问他：

"爸爸，你躲到哪儿去捉迷藏呀？"

他便在天坛公园回音壁的一端，对墙吟诵这首诗，向子女传递难以言喻的豪情。

孩子们还是要问：为什么要"爆一声"呀？

"那可是个天大的秘密，暂时还不能说破。"

因为那是党要他为祖国实现一个神圣的任务。

"去放一个大炮仗"

1958年8月的一天。

早晨，邓稼先匆匆吃罢早点，骑上脚踏车，飞快邓稼先与父亲邓以蛰、母亲王淑娟、妻子许鹿希在北大合影。

地出了巷口，朝大街上驶去。从塔院朝中关村物理研究所去的路旁还有不少农田地，地头上，常常有一些废旧的铁器，是农民在犁地时发现的，拾出来堆在地头。邓稼先一边骑车一边观看路边地头上，有没有可以拾取的废物。

1958年，在中国来说，是一个非凡的年头。邓稼先这一时期，正在近代物理原子能研究所工作。该所的钱三强、王淦昌、彭桓武都是世界著名的物理学家，他们亲自动手为建设物理所装配成好几台实验器材。这件事，一时间成为中科院的美谈，使邓稼先深受鼓舞。他也效仿他的老师们，和几位年轻的科学家也想自己装配几台仪器，几天来，已经拾到一些东西，但离装配成功相差很远。他几次停车，走到路旁察看，想拾点什么，但是没有找到可以利用的东西，只好怀着遗憾的心情，蹬车驶向研究所。

邓稼先进入研究所的办公室，刚刚坐下要开始工作，所秘书小王走过来说道：

"科学院发戏票了，咱们所每人一张，今天晚6点的，是梅兰芳的《贵妃醉酒》。"

"那好啊，我最爱看京戏了。有这样的好事，怎么不早点告诉我。"

"钱所长找你有事，可能比看戏的事更好！"小王诡秘地说。

"是吗？"邓稼先像孩子一样高兴起来："好事多多益善。"他想，所长找我有什么事呢？

这一时期，钱三强担任二机部副部长和研究所(后改名为原子能研究所)所长职务，还兼任中国科学院数理化学部秘书，而邓稼先是副学术秘书。这一年，钱三强45岁，比邓稼先大11岁。邓稼先称钱三强为老师，自从邓稼先1950年10月到中科院工作后，即在钱三强领导下进行科学院的建设工作。小王告诉他，钱所长找他有好事，他猜测，不是物理所的事，就是科学院数理化学部学术研究的事。他将屋子打扫干净后，坐下来准备开始一天的工作，打开抽屉和卷柜门，拿出大堆材料，正要阅读时，小王走过来，招呼他道：

"所长叫你到他办公室去一趟。"

"好哩！"邓稼先边锁抽屉、卷柜边答应，随即飞快地来到所长办公室。所长办公室离邓稼先的办公室只隔两个房间，室内只有一桌二椅一柜，陈设十分简单。邓稼先进屋时，看见所长在办公桌前正襟危坐地等着他，并和蔼地说道：

"小邓，请坐。"还亲自给他倒了一杯茶。

邓稼先慢慢地坐在所长对面的椅子上。

钱所长今天穿着崭新的灰色中山装，面带笑容，精神焕发，好像有什么喜事似的。

"咱们所准备建立原子能反应堆的计划拟得怎么样了？"

"草稿已经拟定，后天准时交稿。"

"很好"，钱三强又问道，"最近家里情况怎么样？小徐所在单位忙不忙？"

钱所长问到这里，邓稼先的脸"腾"地一下子红了。所长所问家里的情况是指最近小两口有点矛盾。起因是邓稼先与妻子徐鹿希于1953年结婚后，1954年即生了女儿典典，1956年又生了儿子平平，现在一个四岁，一个两岁。徐鹿希是北京医学院神经解剖科的医生，忙于工作又照顾两个幼小的孩子，每天累得她喘不过气来。而邓稼先起早贪黑忙于物理所的工作，很少关心家庭和孩子。为此，徐鹿希对丈夫有些意见。

这些情况被钱三强知道了，立即减轻了邓稼先的一些工作，并叮嘱他下班早些回家协助妻子料理好家务。一听到所长的问话，邓稼先回答道：

"典典和平平，有时在姥姥家或在爷爷家，家务事不多了。徐鹿希的工作比我还要忙，隔几天就是一个夜班，晚间有时还要出诊，还承担教学、科研任务，实在难为她了。"接着又诚恳地说道："最近，我学会了炒菜，做米饭，蒸窝窝头，还有买菜，收拾屋子，都是我的事。"

"很好"，钱三强高兴地说："我们要想在事业上有所成就，必须把家务事安排好。有些年轻人忽略了这一点，不仅家庭矛盾愈演愈烈，而且影响了工作，

梓潼邓稼先旧居

这是不应该的……"

　　说到这里钱所长沉思了一会儿，他今天找邓稼先谈话的主要目的，不是要过问他的家务事，而是要交给他一项极为重要的工作任务，当然这项任务也与家务事有点儿关系。他之所以不直接说出工作任务，是因为事先要了解一下他的家庭情况，看一看他能否承担这一极为艰巨的任务。

　　在50年代，党中央作出要研制核武器的决策之后，曾经想到要依靠苏联的帮助。我国派出人员与苏方签订了协议，他们在纸面上答应帮助我国制造原子弹，并派遣专家，运来原子弹教学模型，提供技术资料，这样一来，中方也必须派出相应的科技人员和他们一起从事这项重要工作。

　　中国科学院和二机部的主要负责人提出来，要选择一名科学家，准备与苏联专家打交道，和他们一起搞核武器的研制工作；对这一人选，要求很苛刻，此人最好留过洋，有学位，政治条件好，觉悟高，处事灵活，不仅能和苏联专家合作，又要从他们那里学到东西。负责人从中科院几百名物理科学家中选来选去，最后确定一位人选，那就是经过钱三强推荐的既懂英文、德文又懂俄文的年轻的博士邓稼先，最后报请中科院和二机部，得到了批准。

这一决定，重新安排了邓稼先后半生的生命路程。钱三强推荐了邓稼先，就像美国的康普顿举荐了奥本海默成为美国原子弹之父，像苏联的约飞鼎推荐了库尔恰托夫成为苏联氢弹之父。由于邓稼先优秀的人品和出众的科学素质，必然受到钱三强的举荐而走上重要的科研工作的第一线。

钱三强找邓稼先谈话，先兜了个圈子，谈些家务琐事之后，笑着问道：

"小邓，上级想给你调动一下工作，让我先与你商量商量，看你愿不愿意？"

"行啊，领导想调动就调动呗。"邓稼先微笑道："反正不能把我调离中国。"

"当然不会，而且，还会更能发挥你在核物理专业上的才能。"

"那敢情好！"邓稼先有些高兴起来。

钱三强站起来，走到邓稼先身边低声说道："让你去放个大炮仗，如何？"

"大炮仗？"邓稼先首先想到了春节，他最爱放炮仗了，一百个头的小鞭，二千个头的十响一咕咚的大鞭，二踢脚、麻雷子，他都放过。尤其是放二踢脚最过瘾，别人都是放在地上点燃而他是拿在手上点燃，有一响在手下爆炸，产生一股推力。将上半截纸筒送上天空，第二响，凌空轰鸣，响彻四邻。还有放麻雷子，它比"二踢脚"要粗大数倍，很多大人都是置于地上点火。而他却是在手上点火，然后扔上天空，在空中爆炸，犹如春天的炸雷。可邓稼先想，所长所说的"大炮仗"，显然不是春节所放的鞭炮，也不是远程轰炸机所携带的几千吨的重磅炸弹，而是"非凡的奥比"，在美国荒野上点燃的蘑菇云，是二战末期，在广岛、长崎暴炸的"胖子"和"瘦子"，也是在西南联大和美国普渡大学老师们一再讲过的、他也很想去点燃的惊天地泣鬼神的"大炮仗"！

"放大炮仗？真是令人神往的事情。"邓稼先自言自语地说："我能行吗？"

"为什么不能行？"钱三强反问道："谁也不是生

来就会放炮仗，只要刻苦学习奋勇拼搏就没有学不会的，你有在国内学习物理学的基础，在普渡大学原子物理的成就，这个任务，恐怕是难不倒你的。"

"这个担子实在是太沉重了！"邓稼先低声说道。"说得对！"钱三强郑重地说道："正因为沉重，才把任务交给你。你应当了解，我们国家拥有'大炮仗'的重大意义，约里奥·居里曾经捎信给毛主席说：'要反对原子弹你们必须自己拥有原子弹。'从这句话中可以看出，从事这项工作对保卫祖国、保卫世界和平有多么重大的意义。""那么，我的具体任务是——"邓稼先对担任这一工作将会给自己的后半生带来什么变化，一时还想不清楚，但他已经服从组织的调动了。

"你和几位老科学家一起负责'大炮仗'的研制工作，具体任务等报到时再说。你当前的工作是，下班回去后将家务事安排好。这是件相当绝密的工作，我们物理所的保密条例，你已经学习过，我就不重复了。"

当邓稼先听到让他承担这一工作任务时，心情十分激动。当他将任务接受下来之后，心情难以平静。最后与所长道别时，用颤抖的双手紧紧地与其握别。

这一天，邓稼先回家比平时晚一些。他将办公桌和卷柜的东西收拾一下，将几件没有办好的事情办完。别人下班都很长时间了，他才慢悠悠地骑着自行车回家。一路上脑子里乱糟糟的，想了很多很多。对于将要承担的重任，既高兴又担心，好像理不出什么头绪来。他家住在西郊的北京医学院宿舍，为四层灰色楼房。邓家人三层，是一个二居室的房子。楼房四周是农田地。邓稼先信步走上楼，推开房门，只见典典和平平已经被妻子许鹿希从姥爷家接回，正在室中玩耍。孩子们看见爸爸回来了，欢笑着像一对小鸟一齐扑到他的面前，他两只胳膊一齐抱起一双儿女，使劲地亲了亲他们胖胖的小脸蛋：他们也用散发着乳香的小嘴亲着爸爸的脸庞，并高喊着：

"爸爸！爸爸！"

他们的声音，一个赛着一个高亢、亲切和甜蜜。

许鹿希在厨房中忙着端出来饭菜，随口问道："今天怎么回来得这么晚？"

邓稼先只是"嗯"了一声，算是回答。晚饭后，他坐在椅子上沉思，好像心不在焉的样子。

许鹿希是位贤慧细心的妻子，他见丈夫似乎有什么心事，便问道：

"稼先，你怎么了，是不是遇见不顺心的事儿？"邓稼先没有回答，他不知从何说起。只是摇了摇头回答道：

"没什么事……"

入夜，熄灯以后，邓稼先在床上翻来覆去睡不着，面对着妻子儿女，即将与他们长时间分离不能见面，心情十分压抑；许鹿希躺在丈夫身旁，见其心事重重，猜想他有可能发生了什么重大事故难以开口，也是辗转反侧，难以入眠。月光西斜了，斜长的窗影从地板上移到东墙上时，邓稼先终于开口轻声说道：

"希希，你别担心，我没发生什么事，只是我要调动工作了。"

"唉哟。"许鹿希叹息道："调动工作算得了什么？我寻思发生了什么大不了的事呢！要调到哪里？"

"不知道。"

"怪了，调到哪儿去还不知道。那么，干什么工作呢？"

"不知道，也不能说。"

"噢，莫不是保密工作吧？那么到了工作地点给我来一封信，告诉我回信的地址，总还可以吧？"

"恐怕这个也不行！"

许鹿希有些糊涂了。心里想，这是干的什么工作？莫不是像电影里演的那样，当上侦察员了，要潜伏到外国去！可是她又一想稼先只是个书呆子，连枪都不会放，也没经过专门训练，况且他也不是那块料。

邓稼先接着又说道：

"希希，我去干什么工作，就不要再问了，总之，我不会去干坏事。我所担心的是，今后恐怕照顾不了这个家了，不能帮你料理家务，照看孩子了……这些全靠你了。"

许鹿希更加茫然了，她像一下子掉进冰窖里，不知所措，也不知说什么为好。这一年她才三十岁，要带两个幼小的孩子，要照顾有肺病的公公和有哮喘病的婆婆，同时她还要钻研神经解剖医学上的无数个难题，追求自己事业上的前程……这些困难，都落在自己一个人身上，她怎么能承受得了呢？

隔了一段时间，邓稼先又说道：

"我的生命就献给未来的工作了，这件事做成功，我这一辈子就过得很有意义，就是为了它，粉身碎骨也是值得的！"

听到丈夫说出这样的话，许鹿希不想再说什么了，也不再深思了。她认为丈夫一定是去做一件有关国家利益的大事。她了解丈夫的性格，他想要干的事，会一往无前地干到底，就是有十头牛也拉不回来，作为妻子，要做出牺牲，支持丈夫的工作，不能用家务事拖后腿，分他的心。她侧过身来靠近丈夫，温柔而轻声地说：

"稼先，我支持你的工作。家里的事，你就放心吧！再重的担子我也能挑起来。虽然爸、妈身体不好，不是还有平平的姥爷、姥姥吗？"

邓稼先没有再说什么，只是轻轻抚摸着妻子近来有些瘦弱的肩头，听着另一张小床上一双儿女微微的鼾声和呓语。这实在是令人揪心的事，虽然已经得到妻子的支持，但是，当他想到，搞"大炮仗"工作，从此要隐姓埋名，不能公开露面，不能和亲戚朋友交往，上不告父母，下不传妻子儿女，这一切太束缚人了，而且还要把家庭重担交给只有三十岁的妻子，他的心中是难以平静的；然而，一想到贫穷落后的祖国，近百年来受到的凌辱，日本兵在北平的横冲直撞，在南京制造的血腥的大屠杀……想到钱三强所长的嘱托，和居里夫妇对中国的保卫世界和平的期望，他又兴奋起来。这一夜，邓稼先在难以平静的心情中度过；许鹿希也在担心、疑虑和痛苦的心情中遭受着折磨。他们夫妇的心情尚未平静下来的时候，窗外已经出现了鱼肚色。温暖的太阳将要升起来了。

他们稍稍假寐了一会儿之后，即起床梳洗。许鹿希低声说道：

"稼先，爸妈那里和孩子姥姥家讲不讲这件事？"

"一个字也不能讲，他们问起，就说我出差了！"

"今天就去报到吗？"

"是的"。

许鹿希帮着丈夫收拾好行装，将他送到公共汽车站，望着飞快行驶的公共汽车，站在那里好久未能离去。

从此，邓稼先走上了研制"大炮仗"的生活路程，而且在社会上"失踪"了。

创造太阳的人

遵照钱三强所长的安排和嘱托，邓稼先背着行李，来到北京北郊，元大都遗址附近的一幢五层高的灰楼。该楼远离城市，四周都是坟场。楼门前戒备森严，需要一种特别的身份证才可以出入。

邓稼先掏出介绍信，由卫兵引导才进入楼内。接待他的是一位身材魁伟、风度翩翩的佩有少将军衔的将军，将军说道：

"欢迎，欢迎，邓博士。好几天前，就听说你要来，我们非常高兴！"

"叫博士，很不习惯。"邓稼先说道。"以后就叫我小邓好了。"

"我先自我介绍一下"，将军说道，"我叫李觉，十八子李，觉醒的觉。原来在西藏军区工作。今年一月份，组织上派我来负责搞核武器研制的领导工作，怎样研究和制造，我是一窍不通，研究所的架子刚刚搭起来，你是建所的首批人员，今后研究所就要靠你们这些博士了。"

"制造原子弹，我也不懂。"邓稼先说道："我在美国研究的是核子物理，距离制造原子弹还差十万八千里。"

"那没关系，谁也不是生来就会制造那玩艺儿"，李觉说道："不会就学呗，你的书底厚，学起来总会容易些。"

"那里，那里。"邓稼先赞同道："只要下苦功夫钻研，用不了几年，我们肯定也都可以学会。"

　　"我看你很年轻，只好叫你小邓了。"李觉道："我们这个单位对内叫北京核武器研究所，对外就叫九所。研究项目的代号叫"02"工程。归国务院二机部领导。已经和部里领导研究了，你就当核武器研究所的理论部主任，你的任务有二项：第一项是培训研制人员；第二项是向苏联专家学习。怎么样？小邓，任务明确了没有？"

　　"很明确。"邓稼先道："培训人员从那里来？怎样培训？"

　　"从大学毕业生中挑选。"李觉道："培训方案和教材就由你来定，你既是他们的领导，也是他们的导师。"

　　邓稼先接受了任务之后，立即开始了他的培训工作，首先，他跑遍了北京市，找到他熟悉的研究核物理的老师和查遍了图书馆，借到四本原版俄文书：柯朗特《超音速流和冲击波》、泽尔多维奇的《爆震物理》、戴维森的《中子输运原理》和格拉斯顿写的《原子核反应堆理论纲要》。这四本书作为培训教材。其次他亲自制定了一个培训计划，采用边学边译边讨论的方式，力争在短时内，将这四本书学懂弄通。第三是

023

问鼎长天　强我国威

两弹元勋邓稼先

他和几位工作人员，从全国名牌大学应届毕业生中，挑选了28名优秀毕业生，来研究所参加培训。

一切准备工作就绪。邓稼先就带领这28个学生，正式开始了如何制造原子弹的业务培训。

邓稼先的业务培训班，设在神秘的灰楼一个大房间里。室内有一个长方桌，周围摆一圈长凳。毕业生们围着长方桌坐着，等待着上课。年轻人坐在一起。免不了嘁嘁喳喳耳语，议论他们的老师。有的说："听说咱们的老师叫邓稼先，是留美的博士，会英德法俄四国外语，还是中国科学院数理学部学术副秘书呢？"还有的说：

"我见过邓稼先，有1米80的大个儿，脸色白嫩，显得可年轻了。"

"昨天中午我报到时，看见在篮球场上打中锋的是不是邓稼先？他的篮球打得挺棒。"

正在大家议论之时，一位身材高大、娃娃脸、穿着朴素的小伙子，走进了培训班，冷眼看分明是个篮球运动员。学生们立刻站起米，七嘴八舌，说道："博士好！教授好！老师好！"乱叫一气，表示欢迎。这位小伙子，也找了一个凳子，坐在长桌边，说道：

"快坐下，快坐下，不要乱叫，你们就叫我邓稼先好了，如果省一个字就叫我老邓，因为我只比你们大几岁。你们都比我小，我就叫你们——小蔡、小朱、小胡、小王……"邓稼先招生时看过他们的照片，凭记忆，认出了好几位。又说："我看你们几位身体挺棒，我爱打球，咱们组成个篮球队够用了。"

一句话逗得毕业生们嘻嘻直笑，立刻无拘无束了。

邓稼先拿出四本俄文原版的书给大家看，然后说道：

"我们这个培训班，没有老师讲课，就是学习这四本书，采取边读、边译、边讨论的方式，直到学懂弄通为止。"

"学好这四本书，就可以制造原子弹了吗?"有的学生问道。

"当然还不行。"邓稼先说道："但是，可以肯定，这四本书是打开核秘密的四把钥匙。只要把这四本书啃透了，就可以摸到原子弹构造最深层的奥秘。进而就可以掌握它的理论，制定出方案来，下一步就是进行实验了。"

学生们听了兴奋异常，有些人在凳子上都坐不住了，都有跃跃欲试的心情和举动。紧接着邓稼先又说，"今天是培训班开班第一天，咱们先不研究'02'工程，我要向大家讲几件事情：第一，我们今天所参与的事业，是惊天地、泣鬼神的事业，它的意义十分重大，你们比我明白，我就不多说了；第二，这项‘02’工程，刚刚起步，八字还没有一撇，要绝对保密，我们都要拿脑袋担保，出门不能乱讲，对亲娘老子，对亲戚朋友，还有最亲爱的，都不能透露半点儿风声，要守口如瓶，否则，这脑袋瓜没准就搬家了；第三，我认为研制原子弹，不是轻而易举的事情，而是很难很难的工作。据我所知，美国的原子弹，有很多外国科学家热情参与，才制造成功的，其中有原是德国籍的爱因斯坦、有意大利人费米、匈牙利人西拉德、英国人恰克威德等等，好多国家的著名科学家，都去帮助美国攻关，还有奥本海默、泰勒、福克斯、狄拉克等人的积极努力奋斗，这样，于1945年7月16日，在美国新墨西哥州的荒漠上。才爆炸了第一颗原子弹。这是四百多名科学家，苦战三年的劳动成果，你们看看，这是件容易事吗？那么，苏联呢，他们虽然没有外国科学家参与，但他们国内早就有了俄罗斯和乌克兰两个核武器研究中心，他们核物理的研究成果，不亚于美国的那些科学家。他们的研究条件虽然比美国差，但比我们中国要强好多倍……而我们呢？真可以说是一穷二白，要说条件，我们只有一个，就是我们这些年轻人，有一股初生牛犊不怕虎的精神……”

邓稼先讲完话后，那些兴高采烈的学生们都沉默了。他们已经清楚地认识到，他们这支队伍，无论怎么说，都无法与奥本海默、库尔恰托夫那两支世界级科学家队伍相比。然而第二天，他们的培训班还是正式开课了。

上课时，他们围着长方桌坐下，学习那四本经典论著。先由一位学生逐章逐节朗读，然后大家一起翻

人类第一颗原子弹准备试爆

问鼎长天　强我国威
——两弹元勋邓稼先

译，直到译得准确为止，然后将中文译著油印成册。大学生们都有一定的俄文基础，但翻译如此深奥的学术著作，确实困难很多。有时把"拉下布套"译成"脱光裤子"引起全屋哄堂大笑。过后，由邓稼先予以纠正。

寒来暑往，到了春节，总共29位小伙子终于消化了泽尔多维奇、柯朗特、戴维森、格拉斯顿等四位学者撰写的经典论著，他们基本上摸到了通往核武器秘宫的通道了。

培训班的学习告一段落时，邓稼先向九所领导作了汇报。李觉兴高采烈地说道：

"小邓，你的'02'工程培训班办得太好了，现在盖大楼、修厂房都要奠基，这样盖起的大楼才会基础牢固，不会倒塌。你办的培训班，也是奠基？是给研制各种核武器奠基，你这个基础打得牢，我们今后的研制工作就会顺利进行。"

接着李觉向邓稼先布置下一步工作，迎接苏联专家，向苏联专家学习。他郑重地说道：

"小邓，你的'02'工程培训工作，第一炮打响了，向苏联专家学习的第二炮也要打响，我们中国的小伙子，就要超过奥本海默，创造出世界的奇迹。"

1960年，核武器研究所，改为核武器研究院，对外称九院。除李觉继续任院长外，又增加了吴际霖、朱光亚、郭英会三位副院长，还调入王淦昌、彭恒武和郭永怀三位科学家。邓稼先和他的战友们下决心要研制出中国自己的原子弹，他们将这颗原子弹的代号定为"596"。研究院从北京郊区灰楼陆续迁往青海省海晏县青海湖附近的金银滩。那里是高原地带，空气稀薄，人每走上几步就感到呼吸困难，头晕目眩，气喘嘘嘘，研究院占地方圆几百里。这里建起了实验室、发电厂、机械加工厂、炸药制造和实验区，以及一些宿舍、电影院、浴池和警卫军营等。在这里集中了数千名从海外归国的专家、学者以及大专院校毕业生，

刘西尧和夫人陈景文(左三、左四)与邓稼先和夫人许鹿希(左一、左二)、李英杰和夫人刘书娥(左五、左六)在九院合影。

原子城——基地展览馆

他们都为了"596"在积极贡献力量，使研制原子弹的事业蓬勃地发展起来了。

进行原子弹理论设计的重担，首先落在理论部主任邓稼先身上，他在理论物理学家彭恒武教授的指导下，开始了"596"的理论设计工作。

彭恒武这一年45岁，正当壮年。他原是近代物理所理论物理研究室的负责人，为了加快"02"工程的建设速度，中国科学院将他也派来九院，任副院长，加强"596"理论设计的领导工作。

他来到九院后，看到邓稼先领导的理论设计部工作进展很顺利，很高兴。他对邓稼先说：

"小邓，你的工作十分重要，如果把"596"比作一条龙，你的理论设计就是龙头，所以龙头设计丝毫马虎不得，如果稍有偏差，就会危及几十万人的生命。”

邓稼先对彭教授的教诲，始终铭记在心上，他知道自己有爱玩的毛病，每当领导理论设计时，他就全神贯注，一丝不苟，把玩心抛至九霄云外。

他领导一批年轻人，分成三个组，一是中子输运组，二是流体力学组，三是高温高压下的物质性质组，以这三个方面作为主攻方向。邓稼先全面掌握这三个组，他自己又亲自领导高温高压下物质性质组，进行了爆炸力学、中子输送、核反应、中子物理、高温高压下物质的性质等各种数据的计算。当时，我国没有

中国第一个核武器研制基地纪念碑

——问鼎长天　强我国威
——两弹元勋邓稼先

手摇式计算机

大型计算机，只能依靠国外已经淘汰的手摇机。后来有了每秒仅运算百次的乌拉尔机，算个除法，要分几步走，算开方，还要查巴罗表。八个小时算，八个小时准备预案，一个月才算出一个结果。数九寒天，摇机器手都冻肿了，摇不动，大家就轮流干。由于只有一台手摇式计算机和一台电动计算机，大家三班倒上机还是不够用，邓稼先就叫大家用计算尺和算盘辅助计算，房间里发出噼里啪啦的响声，像放机关枪一样，十分热闹。

可是在计算时，有的项目数据，先后计算九次后的误差还很大，弄得邓稼先和他的小伙伴们苦苦思索，食不甘味，夜难成眠。这件事被彭桓武教授知道了。他派刚从苏联杜布纳联合核研究所回国的周光召来到"596"

理论设计部，对邓稼先他们计算的数据进行复查。

周光召原是彭桓武教授的学生，50年代末派往苏联杜布纳联合核研究所从事核物理研究。1960年，看到中苏关系恶化，主动要求回国，参加"596"的理论设计工作。

周光召和两位数学家一起，对邓稼先他们所计算的数据参数进行检查时发现，问题总是出现在表达方式上，结果必然会出现差错。周光召为了把数据核实得更加准确，以便令人信服，他发挥自身特长，大胆地提出一个新理论来验证这项计算结果，这一理论得到彭桓武的支持，并在"596"理论设计中发挥了重要作用。

这样，邓稼先在周光召等人的帮助下，经过一年的计算，不仅获得了"596"正确的计算结果和图像，而且也积累了丰富的数值计算经验，推动并深化了理论物理专业学科的研究，培训了一批既有一定理论基础又有数值计算实践经验和分析能力的青年科技骨干。

1962年底，邓稼先领导起草了中国第一颗原子弹的理论设计总体方案，也叫"596"设计方案。他拿着这个方案向九院领导汇报时，二机部的领导宋任穷问邓稼先道：

"小邓，按照毛主席的要求，再有七八年时间，我们能不能造出原子弹?"

"用不了那么长时间。"邓稼先回答道:"一半也用不了,再有一二年时间,我们的'596'肯定会炸响。"

"好,太好了,全国人民都在盼望这一天。"宋任穷兴高采烈地说道:"前几天,我参加中央一个会议,陈老总见了我,握着拳头问我:'这个,什么时候能制造成功?'我说:'快了,用不了几年。'他笑了,又握着拳头说道:'有了这个玩艺,我的腰杆就硬了,我的外交部长也好当了'。"

宋任穷的讲话给科学家们以极大鼓舞。邓稼先和他的战友们,在理论设计完成之后,为了使理论工作更好地与试验相配合,他们派出青年研究人员组成了工作组,前往核武器试验基地,参加现场试验,共同解决试验中遇到的理论问题。

这种试验,在"02"工程中叫作冷试验,试验场开始设在北京西北怀来县东花园镇附近的一个空场。在试验中遇到的麻烦是,设计的点火装置不起作用。按要求,点火装置由常规炸药组成,其爆炸必须精确聚焦,而且计时精度要达到微秒级,这样才能触发点火装置,释放出大量中子进入裂变芯。经过检查,发现点火装置不起作用的原因是炸药不过关。

为此，现场试验的领导，特聘研究炸药的专家，进行新炸药的试制，他们找到一口大锅和几只铁桶，用来熔化炼制新的炸药混合制剂。尽管这种制剂气味难闻而且具有毒性，但邓稼先和年轻的技术人员都不离现场，等待制成新的炸药，以便进行冷试验。

在大家的努力下，新的炸药终于试制成功，爆炸时能够灵敏地触发点火装置，起到了释放大量中子的作用。

为了确保点火装置的准确性，王淦昌和邓稼先在试验场地，反复试爆，将第一发试验部件爆炸过后，不等硝烟散去，又将第二发试验部件点燃，他们一天内接连做了十多次试验，在冷试验中补充了他们理论设计的不足，使点火装置达到了尽善尽美的程度。

各个部件冷试验的不断成功，距离热试验——原子弹爆炸就近在咫尺了。

伟大的瞬间

准备进行第一次"596"试验的指示下达到"02"工程总指挥部李将军那里。"596"试验现场总指挥张爱萍将军还指示李觉，要对"596"各个部件的设计做最后一次测算。由计算机专家周光召和另外两位数学家，重新进行计算核实。他们加班加点地工作，终于在第二天清晨，把数据送到靶心区。周光召和两位数学家，在"596"试验的备忘录上签上了各自的名字，证明试验成功率可以达到99%。

与此同时张爱萍将军还指示试验基地负责人张蕴玉将军，做好进行"596"试验的各项准备工作。要在试验靶心地区建起一座高120米的带有升降机的铁塔；在铁塔的四周，放置一些坦克、汽车、飞机、大炮等物品；还建有楼房、平房，里面装有动物、植物；还挖有地下防护洞等等。

在正式爆炸前，还进行了几次用常规炸药爆炸的模拟演习。一切准备工作基本就绪，人们在耐心地等待确定"596"的起爆时间。

几天后，中央领导发展核武器委员会，根据西北地区的天气预报和各方面的准备情况，宣布爆炸的时间是10月16日15点整。

在"596"爆炸前，最担心的应该是"596"总体设计的署名者——理论部主任邓稼先了。他望着耸立于戈壁滩腹地的铁塔，一直忐忑不安。他眼看着，用火车运来装有炸药的点火装置部件；紧接着又用飞机运来核芯体。工作人员将这两部分构件都小心翼翼地运送到高120米的铁塔上。当一切准备就绪之后，试验现场只留下几个人，剩下的几千人都撤离至几十千米外的安全地带。

当李觉、张蕴玉和邓稼先等最后一次登上塔顶，安装了电引线，作了最后一次检查，在离爆炸零时前50分钟才回到地面。然后，他们就迅速撤离到离试验塔23千米的地下，试验总指挥掩蔽部里。

这时，邓稼先浑身冒汗，每隔三五分钟就跑一次厕所，用来排解紧张情绪。他戴上大墨镜，背对爆炸中心，心中不断地默念着：

"老天爷，请相信我，我和我的伙伴们的理论设计和各个构件设计，没有丝毫差错，'596'会炸响的!"

当试验靶区空无一人，一切都显得格外安静时，起爆进入倒计时阶段。16日，总指挥部曾制定：起爆秘密代号叫"投篮"。由基地总指挥张蕴玉将军掌握起爆电钮。时针在飞快地转动，即将指向北京时间15点整——

10、9、8、7、6、5、4、3、2、1——投篮！总指挥按下起爆的电钮。

首先人们看到铁塔顶端炽烈的火光一闪，然后又听到"轰!!!"的一声，天崩地裂般的威猛的轰鸣，只见巨大的冲击波奔雷似地卷动沙浪，掀起漫天尘雾。

一个硕大的蘑菇云在爆裂中隆隆升腾，好像怒耸而起的一个巨人：这一景观，在25千米之外，都可以清楚地看到。

当"596""投篮"的命令发出之后，张蕴玉将军还发出了几道特殊的命令：命令一架专用高空侦察机直接从上升的云雾中穿过，收集放射性物质；命令另一架飞机开始进行36小时的飞行，收集整个试验场地区上空的空气样品；还命令炮兵部队发射火箭，从蘑菇云中收集沉降物品；还命令一个几十人的小分队，穿上防化服，乘车进入试验区，收集同辐射有关的数据和观察冲击波造成的影响和破坏程度。

蘑菇云升空之后，整个地下掩蔽部的指挥所里，人们都欣喜若狂。张爱萍、张蕴玉、李觉、王淦昌、邓稼先等领导和科学家们都激动得浑身颤抖。

张爱萍向科学家们问道：

"我过去从来没看到过核爆炸，这是一次核爆炸吗？"

"是的！"王淦昌肯定地回答："我在国外见过美国核爆炸的电影和照片，和这个蘑菇云一模一样。"

于是张爱萍操起电话，给二机部的领导挂电话，报告"596"试验成功的消息。紧接着二机部的领导把试验成功的消息又报告给国家领导人。

很快高空侦察机向总指挥报告：他们收集到的空气样品证实有大量放射性尘埃。

　　"很理想！很成功！"张爱萍将军向周总理报告："根据飞机采集到的空气样品分析，这确实是一次核爆

1964年10月16日，中国第一颗原子弹在新疆罗布泊爆炸成功。

问鼎长天　强我国威

——两弹元勋邓稼先

炸，请党中央、毛主席放心！"

几小时之后，北京的中央人民广播电台，向全世界播送了这一消息。

这一夜，神州大地处处狂欢，到处是沸腾的人群，到处是欢乐的海洋。人们互相传递这一信息，争相抢购《人民日报》的套红号外。"中国也有了自己的原子弹！"这一爆炸性新闻，也同时登载在各国报纸的头版头条上，在五湖四海产生轰动效应。

在美国，许多华人都争相购买当天的报纸，一遍又一遍地阅读中国爆炸原子弹的新闻，感叹祖国科技的进步和国防的强大。华人学者赵浩生说道：

"当中国第一颗原子弹试验成功的新闻传到海外时，中国人的惊喜和自豪是无法形容的。在海外中国人的眼中，那菌状爆炸是中华民族精神的花朵，那从报纸广播传出的新闻，是用彩笔写在万里云天上的万金家书。"

这一天，是炎黄子孙，普天同庆的日子。

17日上午，张爱萍将军在马兰城举行盛大的庆功宴会。他举杯巡回各个桌前——向科学家们敬酒。当将军寻找大功臣邓稼先，向他敬酒时，宴会厅中，邓稼先却不见了。邓稼先到哪里去了呢？

原来邓稼先看到了那欢腾的蘑菇云，用望远镜观

原子弹爆炸纪念章

问鼎长天 强我国威

——两弹元勋邓稼先

察到靶心的情况后，随即穿上防护服，戴上防护面具，乘车进入靶心区，他看到高 120 米的铁塔，上半部已经汽化为灰烬，下半部 11 根碗口粗的钢柱，像面条一样柔软，七歪八扭地瘫倒在焦土上。铁塔附近的飞机、汽车、坦克被抛出很远，挤成了一团团废铁。方圆 200 米的沙漠表面，全都凝固成了一层深绿色的玻璃状的硬壳。1 000 米处的房屋建筑只剩下断垣残壁，里面的动植物也化成灰烬……

我国的"596"爆炸成功后，随之而来的是"596"的武器化、小型化工作。

"596"的两化，必须进行各方面一系列的设计和试验。于是九院的科学家和基地的工人们，进行了多次弹头、引爆器、遥测系统、自毁装置和其他装置的设计和试验。首次试验是用卡车长距离运输核弹头，科学家们测量小型化的核弹头在运输中的加速度、振动、冲击、温度和湿度变化的影响；接着进行带无核部件弹头的导弹试验；第三次是在酒泉双城子发射一枚模拟核弹头导弹以便试验自毁系统；第四次是检验爆炸系统在飞行中的可靠性。

邓稼先对这四次试验非常重视，武器化、小型化一些关键部件均是由他主持设计的。所以，每当试验必亲临现场，准备取得第一手试验资料。尤其是第三、四次两次试验，遵照上级指示，他吃、睡在基地，有时一天只睡三四个小时，来不及吃饭就对付两个馒头。有时刚刚睡下，电话铃一响，穿起衣服就走，连夜赶路，来到现场及时处理、解决问题。这样，经过一个阶段的摸索实践，他们在核武器系统特殊情况下的整体性能的研究，取得了突破性进展。

1966年10月，九院决定在国内进行一次导弹核武器爆炸试验。这次试验的核弹和导弹是由邓稼先和五院的科学家们联合设计完成的。试验风险很大。我国在自己的国土上，发射带有核弹头的导弹，飞行一千多千米，最后落到核试验基地爆炸。如果设计上有一点差错，核弹头就会偏落到哪一个城市或农村，结果不堪设想。

在试验前一个月，周总理命令由聂荣臻元帅担任现场总指挥，在双城子组成了试验小组。邓稼先是试验小组成员之一。聂荣臻元帅在试验小组会议上说道：

"爆炸了第一颗原子弹，全国人民都在欢欣鼓舞，可是原子弹不是摆起来看的花瓶，而是用来打仗的武器，要用于实战，我们即将要试验的导弹核武器，就是用于实践的手段之一，举世瞩目，丝毫也马虎不得。不知道你们五院和九院的设计者和制造者，有把握没有？能不能继续为祖国争光？"

"我们五院设计的远程弹道导弹，可确保万无一失。"五院的一位领导说道："我们已经进行过12次发射试验，没发生任何事故。"

"你们九院怎么样？"聂荣臻元帅问道："有把握吗？"

"我们对弹头已经进行了数次模拟试验"，邓稼先说道："遵照周总理的指示，做到了'严肃认真，周到细致，稳妥可靠，万无一失'，我们理论部对我们的设计，敢打保票，可以说，有绝对的把握。"

"很好，这样我就放心了。"聂荣臻元帅郑重地说道："你们在我的面前，敢打保票，我就敢到毛主席、周总理面前立军令状，为亿万人民负责！"

1966年10月26日，聂荣臻元帅乘飞机赴甘肃酒泉附近的双城子，命令第二炮兵部队指挥员再一次向他汇报了有关发射导弹安全程序方面的详细情况。27日，东风2号中程弹道导弹携带2万吨当量核弹头，发射至新疆西部800千米处的试验场。发射后，立即飞往新疆基地弹着区，评估核弹头爆炸威力和导弹的精确度。

在27日发射当时，邓稼先和九院理论部的科学家们和五院的同行们，虽然在元帅面前打了保票，但还是捏着一把汗。他们自己认为没问题了，但如果哪个环节出现了差错，试验必然遭到失败。

当接到试验基地传来的好消息，说："导弹核武器试验成功！弹着点十分精确！"邓稼先和全国人民一样，感到欢欣鼓舞。他和科学家、技术人员和工人们一起，走上街头，载歌载舞，欢庆胜利。

至此，我国已有了实战用的核武器。1966年年底，携弹核武器的东风2号弹道导弹开始装备第二炮兵部队。在科学家和工程技术人员共同努力下，我国"596"的武器化、小型化的宏伟工程，迈开了坚实的第一步。

紧接着，按照原定计划，理论部的科学家们又开始进行火炮、坦克、巡洋舰、潜水艇等使用的小型核武器的理论设计，这些核武器的爆炸原理虽然相同，

美国投下的原子弹在日本长崎爆炸瞬间

问鼎长天　强我国威

——两弹元勋邓稼先

中国核导弹升空

但发射器具和运载工具不一样，所以在核武器设计上也有很大难度。这些核武器没有样弹可以借鉴，只能靠试验取得准确的数据，要不断修正设计方案，使设计少走弯路。

邓稼先在试验中，大多时候都亲临第一线，不顾个人安危，奔赴最危险的地区。有一次，试验出现异常情况，他不顾劝阻，亲自带人赶往危险地区，找到出事点，拿到第一手重要资料。又如在制造小型化的核弹头时，在总装车间，插雷管是最危险的工作，他也每次都亲临现场，给工人们以极大鼓舞。人们说："有老邓领头，我们还怕什么？"

一天深夜，邓稼先接到一位工程技术人员的长途电话，说他们负责制作的一个"596"部件发生故障，随时都有发生爆炸的危险，请他火速赶往工厂区。

邓稼先二话没说，叫来一部小车，命令司机以最快的速度驶向厂区。

这天夜里，风狂雨暴，小车沿着盘山公路狂奔，万丈悬崖下，洪涛如千军万马，汹涌澎湃，发出惊天动地的轰鸣。汽车驶到一座桥的左岸，司机突然停车，只见洪水已经没过桥面，司机不敢再往前开了。

面对即将要涌过桥面的洪流，邓稼先毫不迟疑地说道：

"快，要赶在大洪峰到来之前冲过去呀！"

在邓稼先的督促下，司机猛踩油门，汽车在水花中驶过桥面。车刚驶上对岸两丈多远，只见有四层楼高的洪峰卷过桥面，撞击山崖的巨响震耳欲聋，腾空的水雾如雨袭来，强大的汽浪已形成暴雨。

司机吓得手颤脚软，几乎踩不动油门了，喘着粗气道：

"老邓，咱们差点没喂鱼虾呀。"

"没事"，邓稼先掏出一支烟点着了塞进他的嘴里，笑道："咱们福大、命大哩！"说完，他自己悄悄掏出手帕，将额头的汗珠擦了又擦。

汽车开到厂区，邓稼先下车走进车间了解情况，当场提出排除故障的办法，一直陪同工程技术人员将"596"部件调整到正常安全状态。不久，天就大亮了。厂区领导和工人们发现，邓稼先只穿了一只拖鞋。

那一只拖鞋哪里去了呢？几位工作人员帮助寻找，以为丢在汽车上或车间里，找了半天都没有。当邓稼先返回九院时，才发现那一只拖鞋，还在院部居室的床下，是在匆忙中，他没有来得及穿。

由此，在九院和基地就开始流传老邓穿一只鞋排除故障的故事，一时成为茶余饭后的佳话。

还有一次，在试验基地，在准备放置"596"装置的厂房里，一位工作人员在检查准备吊装"596"装置的吊车时，按动电钮，发现吊车落下时，闪出了一个电火花。这时已是清晨五点多钟，这位工作人员就将这一严重情况报告给邓稼先。

这一天，邓稼先已经加班到深夜，刚刚躺下休息。他接到电话后，立即起床，穿好衣服，赶到现场。他问明原因后，将吊车反复试验，可是电火花竟不再出现。邓稼先问道：

"出现电火花，你看得准确吗？"

"很准确。"工作人员斩钉截铁地回答道："是闪出很亮的电火花，看得真真切切。"

"你的这一发现，很重要，我们一定要查清原因，

邓稼先

问鼎长天　强我国威
——两弹元勋邓稼先

如果这一个火花，我们没有发现，就会引爆"596"，造成难以想象的后果。"随即，邓稼先表扬了这位工作人员，并决定成立专门小组，要把问题查个水落石出。他和小组人员一起，一丝不苟，找出各项记录，逐项检查核对，从清晨一直干到下午四点多钟，终于查清了原因，消除了这一重大隐患。

邓稼先除了具有严谨的科学态度，对研制工作兢兢业业、一丝不苟之外，还从不以领导自居，保持民主作风。他在工作中善于听从别人的意见，从不以势压人，每当出现新问题，他总是把科学家、工程技术人员和工人召集在一起，不论职位高低，共同进行民主讨论。

有一次，理论部的一位青年科学家，在有关"639"实战化的问题上发生意见分歧，邓稼先和院领导李觉等都认为，从小型的"639"到实战用的"639"，可以省掉两次热试验。可是，这位青年科学家认为：这样做虽然有成功的可能性，但是根据不够充分，为了使"639"研制的整个过程具有扎实稳妥的理论根基，热试验一次也不能减少。他们整整争论了一个晚上。最后，邓稼先经过慎重思考，认为这位青年科学家的理由很充分，阐述得很有道理，他终于虚心地放弃了自己的意见，并且主动承担了向院领导李觉等进行解释和建议改变做法的责任。

邓稼先为了研制新型"596"，使其达到实战化、小型化，做到了他经常讲的"一不为名，二不为利，但工作目标要奔世界先进水平"的信条，在"596"两化的许多重大理论问题和探索性研究工作上，都是他亲自参与、把关、最后拍板的，很多方案也是他亲自撰写、签署的，所以，他所完成的工作也是第一流的。这就是我国核武器两化之所以快速圆满完成的主要原因之一。

中国的天空出现两个太阳

在核物理学家泰勒的指导下，1954年3月1日，美国在比基岛爆炸了一颗一千五百万吨当量的氢弹装置，几乎使该岛深陷海面，其光辐射和爆震波，摧毁了70海里外的舰只和一艘日本渔轮，死伤20多个日本渔民，从比基尼岛腾起的放射性尘埃，散落在那个海域航行的美国军舰和附近的居民身上，使他们惊诧不已，久做恶梦。当时应邀去参观的各国政府要员，心里都明白，美国是借此炫耀武力。与此同时，苏联的物理科学家萨哈罗夫和索尔兹伯里也设计出威力超过美国的可运载的氢弹，并于1953年8月12日，于苏联本土爆炸成功，它的放射性尘埃散落至日本，遭到日本人民的强烈抗议。

美苏两个超级大国都在挥舞着"核大棒"，在世界上耀武扬威。英国、法国也在美苏两个大国之后紧紧追赶着。

中国为了自身的安全，要打破超级大国的核垄断，对世界军备竞赛舞台上的演出，不得不认真观看，而且也要准备自己精彩的节目。

当邓稼先率领的理论部，突破了"596"的理论设计大关之后，聂荣臻元帅曾经找到邓稼先让他继续完成两项艰巨的任务：一是"596"的小型化、实战化，让"596"尽快装备第二炮兵部队；二是进行威力更加强大的"639"的理论设计。

作为理论部的负责人，邓稼先对这两项任务，作出了周密地安排。他合理分工，排兵布阵，将年轻骨干科学家都用在这两条战线上。他和于敏、周光召等理论部的领导，一边抓"两化"，一边抓设计，很快，两条战线都做出令人可喜的成绩。

这一时期，二机部负责抓核武器研制工作的是常务副部长刘西尧同志，他是位雷厉风行的领导。当1965年末，他听了邓稼先关于"邓—于方案"的汇报后，十分高兴，并将邓稼先、于敏两位科学家请到宾馆，彻夜长谈，随即向聂荣臻元帅和周恩来总理作了汇报。紧接着中央领导批准了"邓—于方案"

1966年初，在西北高原基地，开始氢弹研制的冷试验。邓稼先和于敏都亲临现场，通过反复试验，找出了热核材料燃烧时的各项数据，解决了热核材料燃烧的关键问题。

冷试验成功后，邓稼先又亲自指挥了一次热试验。1966年5月9日，由一架中程轰炸机载着含有热核材料的裂变装置，投向基地试验场。这颗装置，具有三十万吨当量，比投到广岛、长崎的原子弹的威力要大15倍。邓稼先在基地掩蔽部，看到比太阳亮得多的火球在空中燃烧、滚动，理论部的科学家们都高兴得手舞足蹈。邓稼先向人们宣告，他们设计的氢弹，原料性能良好，可以释放出巨大的能量，具有强大的威力。

1966年12月28日，又进行第二次热试验，也是用轰炸机进行空投，爆炸了一个五十万吨当量的铀锂装置。这次试验，检验了"热核爆炸的基本原理"。邓稼先得到的各种数据证明他们设计的裂变—聚变—裂变的热核爆炸的基本原理是可行的，用这种方案，可以制作出一千万吨及至四千万吨当量的氢弹。

两次热试验成功，证明"邓—于"理论方案的正确性。所以九院就将可以进行多级型热核氢弹的试验方案呈报给中央领导小组。

中央领导决策之后，九院和试验基地紧锣密鼓开始了氢弹爆炸试验的各项准备工作。空军部队派出中程轰炸机，进行模型弹的空投训练。试验中发现，用降落伞投弹演练时，降落伞撕裂了三个口子，于是找出原因，改变空投方法，增加安全程序。

5月初，制造核部件的工厂完成了装配任务。邓稼先派出可靠的科技人员监督卡车将核部件运往试验基地并吊装到中程轰炸机上。

一切准备工作就绪之后，中央领导小组决定：1967年6月17日早8时，进行三百万吨当量的多级型氢弹试验，并派聂荣臻元帅亲赴现场监督。

17日早6点，聂荣臻元帅和邓稼先及王淦昌、于敏、周光召、黄祖洽等科学家都进入总指挥部地下掩蔽室。

时针指向8点整，邓稼先眼看着飞机盘旋在空中，但是，竟然没有投弹也没有火光和蘑菇云出现。

"失败了，可能是失败了？"邓稼先脑子"轰"的一声。科学家们也你看看我，我看看你，显出失望的神情。这时，大家都把目光集中到聂荣臻元帅那里，只见他和飞行员在讲话：

"什么原因？出现了什么故障？噢——没关系，

再来一次，要沉着，要果断。第二次投弹定在8点20分。"

聂帅挂上电话对科学家们说道："没什么大事，是飞行员因为紧张，飞过了目标，没能在8点钟准时投弹。"

听了聂帅的解释，邓稼先和科学家们才松了一口气，大家又恢复了焦急等待的神态。

氢弹于8点20分准时投下，一个巨大的火球，在新疆罗布泊地区上空滚动，蘑菇云直冲云霄。

这一天，在敦煌地区的国内外游客，和城内上班路上的老百姓，都看见了，在西北方向上空，出现了一个比东方刚刚超过升起的太阳亮度一千倍的太阳。东方的太阳只像个白色的圆碟子，悬挂在另一个大太阳的左上方。

"快看呀！天上出现两个太阳！"小孩们在家门前指着天上，惊奇地欢呼着。

在试验基地总指挥部地下掩蔽室里，科学家们互相拥抱，热烈欢呼。邓稼先说道：

"看来氢弹的火球，要比原子弹好看得多，真是威力无比呀！"

"够了，够了。足够了。"聂荣臻元帅说道："三百万吨当量，足以把敌人吓破胆哩！"

当蘑菇云刚刚消散之后，邓稼先和他的助手们，立刻穿上防护服，戴上防护帽，乘上卡车驶向爆炸中心。他看到，氢弹爆炸造成的破坏比原子弹要厉害得多，有些破坏是令人难以想象的。

离地面爆炸中心400米远处的钢板被熔化，混凝土构件也被熔化，其表面变成玻璃体；冲击波撞到距地面300米处的540吨重的机车上，把它推出18米远；地下防御工事被震成碎片，里面的动植物全部死亡；在爆炸中心附近的飞机、坦克、汽车、拖拉机等等均变成了一滩滩铁水；在爆炸中心1000米以内地区的地面建筑全部倒塌……

当天，新华社向全世界播发了一条重要的消息："中华人民共和国在西部地区上空，爆炸了一颗氢弹。这次氢弹试验的成功，是中国核武器发展中的又一个飞跃，标志着中国核武器的发展进入了一个崭新阶段……这次试验的成功，还证明了毛泽东主席在1958年的光辉预见：'搞一点原子弹、氢弹，我看有十年功夫完全可能。'"

中国的氢弹爆炸，不仅掀起举国狂欢的热潮，也震惊了全世界。有很多外国专家计算：中国从爆炸原子弹到爆炸氢弹，只用了两年零八个月，而美国则用了七年零四个月，苏联用了四年，英国用了四年零七个月，法国则用了八年零六个月，中国终于抢在法国之前，爆炸了第一颗氢弹。

这次氢弹试验成功后，聂荣臻元帅在试验基地设宴，给科学家、工程技术人员和工人们敬酒。聂元帅第一个举杯向邓稼先、于敏敬酒，祝贺他们的理论设计方案获得了成功；还向二机部常务副部长刘西尧敬酒，是他大力支持"邓——于"方案，使试制工作迅速、顺利地得到开展；还向工人们敬酒，是他们以忘我的热情，出色地完成了核部件的制造和组装任务。

在一颗臭弹面前

一天，晴空万里，和风习习。在一望无际的戈壁滩上，空阔的湛蓝湛蓝的天宇间，连个鸟儿的影子都没有；地下到处是一堆堆拳头般大小的鹅卵石，看不见一棵树木或一棵小草。

这时，远远望去，只见一架飞机从天边出现，小得像只蚊子，接着，就传来"嗡嗡"的声响。后来变得像只蜻蜓，响声越来越大。它在高空盘旋一圈以后，朝戈壁滩上投下一件黑东西，便风驰电掣般朝远方飞去。

在总指挥部掩蔽部里，邓稼先和基地司令员陈彬

1967年6月17日，中国第一颗氢弹爆炸试验成功。

同志、二机部副部长赵敬璞同志以及一些工作人员，都在凝神注视着戈壁滩上空飞机投弹的情景，心中一齐默默地倒数着：

"九、八、七、六、五、四、三、二、一、零，起爆！"

大家数到零时，该是核弹爆炸、蘑菇云升空的时刻，可是戈壁滩的上空没有传来任何声音，也没有出现火光和蘑菇云——核弹没有爆炸！主持这次核弹实验的九院院长邓稼先和基地司令员陈彬，还有来视察的二机部副部长赵敬璞和一些工作人员都惊呆了。

很明显，核弹发生了严重事故，不知为什么没有

1967年6月17日上午，第一颗氢弹成功爆炸之后欢呼的核试验厂区的工作人员。

人民日报 喜报

我们伟大领袖毛主席早在一九五八年六月指出：
搞一点原子弹、氢弹，我看有十年功夫完全可能。

我国第一颗氢弹爆炸成功

爆炸。这时，邓稼先紧皱眉头在思考，该怎么办？基地司令员陈彬，是位威武健壮的军人，说话嗓门嘹亮大。他见到邓稼先的样子，劝说道：

"胜败乃兵家之常事，没关系，这次没爆炸，下次再干!"

邓稼先摇了摇头,没说什么,但他心中明白,如果是一颗手榴弹或一颗炸弹没爆炸,问题不大,而这是一颗威力无比的核弹头,不弄清原因,怎么能行!二机部副部长赵敬璞说道:

"是否应该派防化兵前去查看一下?"

邓稼先和陈彬都同意赵副部长的意见。于是陈彬传达命令,派出一千多名防化兵,前去查看核弹的情况。防化兵每人都穿着白色的防辐射的特制服装,头戴防护帽,分乘数十辆大卡车,开赴出事地点。

可是防化兵排开阵势,在戈壁滩弹着点一带,来回搜寻十多次,始终没有发现核弹头的痕迹。

实验基地接到防化兵的电话报告后,邓稼先更加焦急。他心里想:

"怪了,这个'宝贝'能跑到哪儿去呢?"

"老邓,你不能去,你的命比我的值钱。让我去看看吧!"

邓稼先被陈彬司令员的关照所感动,但他认为他是这次实验的主持者,责任感使他已不能听从这位司令员的劝告了。于是便斩钉截铁地说道:

"不行,不行!司令员同志。你更不能去!你离开这里,由谁来全面指挥?这件事,应当由我去!"

自从参加研制核武器以来，邓稼先一向是这样想的，也是这样做的。他平时对于别人的安全非常关心，而偏偏把自己的健康和生死置之度外。这也是他当上九院院长之后增加的犟脾气，是他的人生观在不断变化的一个侧面。他让工作人员打电话，要来一部吉普车，准备上车出发。

这时，二机部副部长赵敬璞走上前来郑重地说道：

"老邓，我陪你去行不行？"

"不行，不行！"邓稼先坚决地说："有我一个人就够了！"

"老邓呀！"赵敬璞严肃地说道："这么重大的事情，怎么能让你一个人前去！"

这时，有不少工作人员也围上来，纷纷要求前去查看，基地司令员陈彬同志也再三说道：

"决不能让他一个人前去！"

最后，邓稼先只好同意了赵副部长的要求，由他们俩前去查看核弹的情况。

赵副部长是运动员出身，年富力强，体格强健，好像浑身有使不完的劲儿，但他的个头比邓稼先要矮一些。赵敬璞也穿好防护服，戴上防护帽，和邓稼先一起乘上吉普车，朝戈壁滩驶去。

戈壁滩上没有路，汽车在鹅卵石上颠簸，将小石块碾得四处飞射。他们在戈壁滩上投弹范围一带，来回穿行数十次。从太阳当空映照，到太阳西斜、天边出现色彩斑斓的红霞，最后他们终于在汽车前方五百多米处的乱石堆中，发现一个黑黑的东西，不仔细看，就是一块黑色大石头。

"找到了！小'596'！肯定是小'596'！"大家一齐呼喊起来。

邓稼先立即叫司机停下，他跳下车，举起望远镜，清楚地看到插在乱石堆中的核弹头和连在一起的未曾张开的降落伞装置。

凭着核科学家的直觉，邓稼先意识到前面一带的危险性。如果，此时核弹一旦爆炸，周围数百米内的钢铁就会化成玻璃体一样的铁水；水泥建筑物将会变成粉沫；植物化成黑灰；动物化成一滩血水。于是，他暗自决定，坚决阻拦赵副部长和司机与他一同前往。他不顾对领导同志应有的尊重，专断地大声说道：

"站住，都给我站住！你们就在汽车这里等着，谁也不要往前走一步了，你们去也没有用，也没有必要……"

邓稼先，这位到了知天命之年的核科学家，中国核武器理论设计的总负责人，这次核试验的主持者，他一个人挺着高大的身躯，朝着乱石堆的方向，冲了

问鼎长天　强我国威
——两弹元勋邓稼先

上去。

这时，邓稼先已经把刚才想到的核弹头突然爆炸产生的后果和对人体的伤害，似乎忘得一干二净。他没有意识到这是大胆或勇敢，更没有想到这是英雄行为，他完全和平时一样，怀着焦虑急切的心情在处理一件十分棘手的事情，希望用他自己的能力立即把它办好。他弯着腰，踩着硌脚的石头，一步快似一步地奔跑在戈壁滩上，同时还用警觉的目光，扫视前方乱石堆中核弹头的踪影。很快，他来到核弹头面前——呀！多么熟悉的"宝贝"呀！为了它，付出多少不眠之夜？为了它搅尽了多少脑汁？为了它和同事战友们辩论得面红耳赤！而今它竟悄悄地睡在鹅卵石中，只剩下一个头，露在外面。黑色弹体上裂开几道缝，在它的旁边还躺着一个未曾打开的巨大的降落伞装置。邓稼先初步判断出核弹未曾爆炸的原因可能是飞机在投弹后，降落伞未曾打开。

高度的责任感和对工作的热诚，使他变成一个"傻子"。虽然核弹未曾爆炸，但弹体破裂，钚已经大量放射出来。但，这一切他都顾不得了，他走到跟前，竟用双手抚摸着破裂的弹头——这个含有剧毒的危险物，仔细查看一番。他透过裂缝，看到里面点火的装置，原样依旧。因为降落伞没有打开，致使串联的导火索没有被点燃，为此它就成了颗"臭弹"。他得到明确的判断之后，又轻轻地将臭弹拍了拍，就像拍一拍熟睡了的婴儿一样，长长地出了一口气，会心地笑了。这时，他才如释重负，终于放心了。他所担心的最严重的后果，没有出现，今后也不会出现。他的精神骤然松弛，回过身，迈着疲惫不堪的步伐，摇摇晃晃地回到吉普车旁，他见到赵敬璞和司机后，兴高采烈地说道：

"平安无事！"

"好！好！"赵敬璞和司机异口同声欢呼道："太好了！没事就好！"

紧接着，他又精神抖擞，兴致勃勃地拉起赵副部长的手，说道：

"来，赵副部长，我们照一张相好不好？"

"就照这样全副'武装'的吗？"

"对呀！"邓稼先说："这个相不是最有意义的吗！"

于是邓稼先从吉普车上的背包里，拿出照相机，交给司机同志，请他为他们合影留念。

在邓稼先的相册里，有一张特殊的照片：上面是夕阳西下的时候，只见两个身穿白色防护服，头戴白帽子，白口罩，看不见脸面的人站在戈壁滩上，左边的大高个子就是邓稼先，右边身强力壮的男子汉是赵敬璞。有人猜测，邓稼先主动要求照这样的一张照片，应该说是他面临核弹随时都要爆炸的危险却安然无恙的一个庆贺，以此留念；另外，还可以看出，他似乎已经觉察到自己受到了钚239的极为严重的辐射伤害，这将是他身体健康状况的转折点，这次伤害是当时医疗水平难以救治的。

面对核弹随时都有爆炸的危险和核弹放射性对人体致命的毒害，邓稼先勇敢地冲了上去，掩护了同志和战友，排除了藏在祖国大地上的隐患。

谁是原子弹的设计者

1964年10月26日，在我国第一颗原子弹爆炸成功后的第十天，中国科学院负责同志，在人民大会堂，举行了我国第一颗原子弹爆炸成功的报告会。这次会议带有一定的保密性质，所以参加报告会的人员是有级别限制的。人大常委会副委员长、著名教育家、国务活动家许德珩老先生参加了报告会。他是刚刚去南方视察回来，特邀参加会议的。

这一年，许德珩74岁，他长得四方大脸，大眼睛，大耳朵，略有秃顶，戴一副黑框眼镜。中等身材，身板

1979年，寻回未爆的核弹头后，邓稼先（左）与赵敬璞合影于戈壁滩。

结实，穿一套黑色中山装，手里拿着一根手杖。

在会上，他听到了中国科学家自力更生研制出原子弹的先进事迹，与会者都深受教育和鼓舞。许老先生也听得眉飞色舞，兴奋异常。他是从旧社会走过来的人，近百年来，受"三座大山"的压迫，中华民族备受凌辱，他耳闻目睹，感触颇深。自从中国人民共和国成立后，中华民族在世界上才抬起头来，但是科技落后，国力不强，在世界各项活动中，腰杆不硬，还是被人瞧不起。如今，中国和世界上几个大国一样，也有了原子弹，不仅说明中国的综合国力有了增强，而且也大大强壮了国威。听罢报告，他用手杖一边杵地一边说道：

"好！好！好！别说陈毅腰杆子硬了，就是我老许头也昂首挺胸越活越年轻了！"

这次报告，出于保密原因，没有介绍原子弹的研制人员，许老想，原子弹是人造出来的，这个人很不简单，一定是位很了不起的人物。

他知道美国有一个叫奥本海默的科学家，设计过扔在日本广岛和长崎的原子弹，此人被称为美国的原子弹之父；还听说苏联有一位库尔恰托夫，是苏联第一颗原子弹的设计者，被称为苏联的原子弹之父，而中国的原子弹是谁设计的呢？中国的物理学家他也认识几个，在人大会议上见过，像钱学森、钱三强、王淦昌、彭桓武等物理学家，没听说他们哪一位可以设计原子弹。

在报告会结束，人们走出人民大会堂时，许德珩老先生碰见了人大副委员长、物理学家严济慈教授，说道：

"我们的科学家真了不起，真给咱们中国人争气呀！我们全国人民应该感谢他们。"

这一年，严老63岁，已过了花甲之年，但身体强壮，满面红光，精神矍铄，好像总有使不完的力气。他比许老小11岁，浙江东阳人，曾考入南京高等师范学校学习数学和物理，后毕业于东南大学物理系。19世纪20年代曾赴法国留学，获博士学位。回国后，任国立北平研究院物理研究所所长。中华人民共和国建立后，受郭沫若之邀，参加了中国科学院的建设，曾任科学院办公厅主任兼应用物理研究所所长。后来，又到人大任职。

严老长着一副慈善面孔，人缘比较好，他和许老在解放前就相识，和许老及其夫人劳君展曾在法国一起留学。

"许老师，你知不知道，设计中国原子弹的科学家是谁？"

　　"就是呀，我一点都不知道。"许老回答道："我正猜测呐，中国那一位物理学家有这么大的能耐？"

　　"你家的大姑爷叫什么名字？"

　　"邓稼先呐！"许老回答道："是北大邓以蛰教授家的大小子呀！"

　　"你可知道，你的这个大姑爷这几年搞什么学科的研究吗？"

　　"是……"许老想了想说道："我听我们家的希希说过，是研究核子物理的，这几年一直在搞氘和氚的试验，好像是国内的设备不行，从美国回来十多年了，也没搞出什么名堂来。"

"是那么回事吗?"严老笑道:"赶快回家去,问一问你的大姑娘,打听一下你的大姑爷,这几年他在干什么工作?"

红旗牌大轿车将许老送回家。在车上他想,难道中国原子弹的设计者是大姑爷邓稼先——是那个淘气包子?不可能,不可能!他不相信邓稼先会有这么大的出息。

下了轿车,一进家门,就高声喊道:

"老太婆,老太婆,赶快过来,我有事问你。"

这位老太婆不是别人,就是当年曾经当过重庆女子师范学院院长,在四川教育界叱咤风云的人物——劳君展。这一年,劳君展已过了花甲之年,满头白发,戴上了老花镜,身体并不怎么好,遇有阴雨天,就犯腰腿疼病。她正在厨房准备晚饭,听见老头子喊,急忙来到客厅,说道:

"你这老头子,就不能小点儿声,有什么大不了的事,大呼小叫的,好像丢了魂似的!"

"老太婆,我问你,你知不知道咱们的大姑爷稼先是干什么工作的?"

"你这老头子突然问这个干嘛?"劳君展回答道:"是中国科学院物理所的研究员呗。"

"他是研究什么学科的?"

"我问过希希。"劳君展想了想,道:"他说是研究什么原子核的,还专门研究什么'氘'和'氚'的原子核。"

"怎么,这么多年也看不到稼先到咱们家来?"

"前些日子,亲家母王淑蠲去世,我还看见他了,好像是又黑又瘦。希希说他的研究工作带有保密性质,地点在西北高原,所以很少回家,没时间上咱们家来了。"

"老太婆,咱们国家爆炸了一颗原子弹,你知不知道?"

"知道哇。"劳君展兴高采烈回答道,"就是前几天的事,我还看见《北京日报》的套红号外了呢!"

"你知不知道这颗原子弹是谁主持设计的?"

"不知道。"劳君展摇头道:"这个人很不简单。想必是咱们国家的哪位大科学家吧?"

"不是别人。"许老诡秘地一笑道:"据和我们一起去法国留学的严济慈教授说,这个人可能就是咱们家的大姑爷稼先。"

"是稼先吗?希希怎么一句都没说过。"劳君展摇头又点头说道:"有可能就是稼先,当年我就看这个孩子准能有出息,谁像你,那一年还和希希别个劲,差点没把这桩亲事给搅黄了！"

"我没有不同意呀！"许老辩解道："我只是要求希希慎重考虑考虑。"

"行了，行了，不要诡辩了。"劳君展说道，"我马上往北京医学院挂个电话，让她马上回来一趟，就知道准信了。"

晚饭时间，许鹿希风风火火走进家门，说道："有什么事呀？非让我下班后来家一趟！"

"你老爸有事问你。"劳君展说道。

"希希，我问你"，许老问道，"你知不知道，我们国家爆炸的原子弹的主要设计者是谁？"

1984年，突破中子弹后，邓稼先、许鹿希的纪念合影。

"哟！我寻思是什么大不了的事呢。"许鹿希兴致勃勃地说道："我知道呀！"

"是谁？"老俩口子一齐追问道。

"是我们家的孩子他爸！"

"唉哟！"劳君展打了姑娘一巴掌，说道："希希你怎么不早说呀！是咱们家的姑爷设计的原子弹，害得你老爸拄着手杖到处去问别人。"

"我也是几天前，婆母咽气前，稼先从西北高原回来，她逼着他儿子说出来的。若不然，我一点儿都不知道。他说完之后，还让我们保密呢。说组织上有规定。"

"怎么样，老头子"，劳君展说道，"我说咱们家的大姑爷错不了吧！我们希希还是有眼光的。"

"好，很好！"许老越发高兴起来，举起手杖，说道："俗语说'人不可貌相，海水不可斗量'，真是不假。希希，你家的稼先什么时候回来，老太婆你去买鱼、买鸡、再买上一条大鲤鱼，做出一桌宴席，我要犒劳大姑爷！"

"那是为什么呀？"许鹿希假意问道。

"嘿呀！这你都不明白？"许老朗声说道："他给中国立了大功，他是中华民族的大英雄啊！"

患了癌症之后

1985 年 7 月，邓稼先从西北高原回到北京参加有关发展尖端武器的会议，顺便回家看看。

许鹿希见稼先回来了，很高兴，特意炒了两个菜，还打开一瓶茅台酒，犒劳多日不见的丈夫。可是她发现一向能吃能喝的稼先，菜吃得不多，酒也没喝几口，便关切地问道：

"稼先，我问你，是不是肝不舒服？"

"这里没病。"邓稼先一边摸肚子上面的部位，一边说道："就是大便有些困难，有时痛得受不了。"

"赶紧去医院检查一下"，许鹿希催促道，"有病要赶紧去治。"

"明天可以去看看，要一点润肠药就回来，这次的会议很重要，一天都不能耽搁。"

1985 年 7 月 31 日，对邓稼先和他的妻子许鹿希来说，是一个不吉祥的日子。许鹿希陪着邓稼先，来到总后 301 医院，经过仔细检查，一位头发花白的女医生严肃地问邓稼先道：

"你是什么单位的？"

"二机部九院的。"

“你为什么现在才来？”

邓稼先想：“我没怎么的呀？只是大便有些困难，往日忙得要命，没发现哪里不舒服，无缘无故我到医院里干嘛！”没等邓稼先回答，女医生又说道：

“别走了，立即住院。”

“不行啊，大夫。”邓稼先哀求道：“我正在开一个极为重要的会议，而且我是会议的主持人，怎么能来住院呢！”

“这里不是会议室，这是医院。”女医生坚定地说，丝毫没有商量的余地。

邓稼先立即明白了疾病的严重性，他不得不遵从医嘱住进了医院。国防部部长张爱萍将军知道邓稼先住进了医院，立刻驱车赶来了，焦急地问女主治医生道：

“究竟是什么病，什么时候可以确诊？”

“需要做活体病理检查，然后就可以确诊。”

“活体检查需要多少时间？”

“按常规要在一周之后。”

“不行，不行，太慢了！”张将军有些急了，说道：“我就在这里等着，你们必须尽快拿出化验结果来。”

张爱萍将军早已过了花甲之年，硬是坐在医院里不走，半个小时之后，冰冻切片的结果出来了，上面写道：直肠癌。

邓稼先患了癌症的消息，被聂荣臻元帅知道了，他责承张爱萍将军亲自主持医疗小组的治疗方案讨论会。再三叮嘱，要千方百计将他的病治好。8月10日，邓稼先做了一次大手术，将身上凡是癌细胞所侵犯的地方进行了大清扫。这次手术很成功。术后，医生给他在下腹部左侧做了一个人造肛门，这给好动、好玩的邓稼先带来很大不方便。可是他并不怎么在乎，手术后的第四天，他在病房里就开始工作，阅读英文、法文、德文和俄文的资料，让九院将他的几位老伙计找到医院来，研究讨论他们还在进行的一些工程和目前亟须解决的一些重大问题。这样，病房就成了会议室。

1985年末，单位进行整党登记。组织上考虑邓稼先身体不好，派人特意告诉他，文件不用学了，登记表可以由别人代笔，但邓稼先不同意，他硬是要来有关文件，认真阅读一遍，又亲自填写了党员登记表。九院党委的同志们和医护人员都深受感动。

在住院期间，他还请副院长于敏同志前来，研究我国核武器发展的设想，要和他一起起草一份向中央的建议书，他认为中国核武器的发展不能落后于其他核大国，他们有的核武器，我们要有；他们没有的我们也要有，这样才不致被动挨打。经过反复商讨，终于写成了一份关于我国核武器发展的意见书。

手术后，又经过一段化疗，邓稼先的病情稍有好转。医生同意他回家休养。邓稼先像小孩子一样，高兴得跳了起来，他对其他患者说：

"现代医学很发达，而我的体质又好，一定会创造一个奇迹，将这个不治之症治愈。"

"老邓是一脸福相，肯定能治好。"很多患者都这样说。

回到家里，邓稼先是一个闲不住的人，不断往九院挂电话，处理他住院前没有办完的事情，或者将人约到家里来谈工作。许鹿希看见了，嗔怒道：

"病情好转，你又忙上了，是不是还要马上回医院？"

"马上停止，马上停止。"邓稼先见妻子生气了，连连陪笑道："只是还有一点点小事，处理完我的心就静了。"

处理完工作，他又开始准备写专著。邓稼先自从忙于研制核武器之后，写论文的时间少了。这一次，好不容易有了闲暇时间，他想把他多年来研制核武器发现的问题，总结一下，是他对核物理事业的新贡献。所以，他在家里准备了不少资料，每天都要动笔写上一段。许鹿希见他每天都闷在家里不行，便主动陪他出去走一走，专程逛了一次地坛庙会。庙会是他小时候最爱去的场所，对人们烧香拜佛，他不感兴趣，而是对那里的小吃、糖人、不倒翁玩具始终念念不忘。

邓稼先喜欢看京剧，在解放前和1958年以前，每当有好的剧目，他必然要前去观看。这回在家休养，京剧一定要看，听说哪里演出好的剧目，就去买票，购不到票，他就去买退票或买高价票。他身上吊着引流瓶，挤在人群里，可以很熟练地将票钓到手。他坐在剧场里，不仅看，而且还要小声地跟着唱。

80年代中期，我国的家庭已经普及了电视机。邓稼先也喜爱看电视，他常常赞誉出生于俄国而在美国长期从事于电子学研究的兹沃里金博士。他向许鹿希说：

"我很佩服兹沃里金博士，是现代电视系统的创制人。他不仅研制成黑白、彩色电视机，而且还发明了电子显微镜。人们坐在家里就能看到天下所有的事情。亿万人民都要感谢他。"

他对中国女排的拼搏精神赞不绝口，每当有中国女排姑娘比赛，他必看无疑，尽管在半夜三更，他也要爬起来，直到看完为止。有一天，他听说中国女排要在北京工人体育场和日本女排进行一场比赛，他托人要票、购买，均没有弄到，十分焦急。许鹿希劝他道：

"没有弄到票就不要去看了，你的身体还不太好。"

"不行，要看！"邓稼先坚决地说道："我有办法！"

在比赛没有开始前，他就去工人体育场门前等候，逢人便问有没有多余的票，直到开赛前几分钟，来了一位老者，说他老伴有事来不了，多了一张票，邓稼先掏钱要买，老者看他身上挂着引流瓶，必定是个病人，便将票送给了他。

这场球赛，中国女排大胜，邓稼先非常高兴，他回来对许鹿希说：

"世上无难事，只怕有心人，我如果不去，看不到这一场精彩的比赛，有多遗憾！看到郎平的扣球，一锤定音，那个劲头就像我亲自扣球一样，开心极啦！"

　　看到邓稼先高兴，许鹿希也就不说什么了，但是她一直在为他的病情担忧，希望乐观的稼先能够战胜癌魔，重返工作岗位。

　　邓稼先在家中休养三个多月，到了1986年春天，去医院复查，发现癌症有转移的迹象。于是，他再度住院，于5月16日，做了第二次大手术，将癌症可能侵犯的部位统统切除。这次手术也很成功，但他感到自己的身体越来越虚弱了。

　　第二次大手术后，邓稼先所关心的还是工作和学习。九院的不少研究人员一边来探病，一边还向他请示工作。他在医院的大部分时间还是被工作占去了。因为在他患病前所主持的研制工作已经开始，目前正处于取得新的突破阶段。不仅有许多事情要问他，要听他的分析和看法，而且有很多重大问题必须要由他来决定。只有这个时候，邓稼先才忘掉了病痛，兴高采烈地说个不停，直到值班护士来进行干预，邓稼先才停止了谈话，意识到这里是医院。

　　除了和人们谈工作之外，他每天还要坚持学习。

他床头经常摆着两本书，一本叫《简明核工程手册》另一本叫《量子场论》，随时都拿起来翻一翻，并将重要的地方用笔勾画出来。他不仅看书，还买书。他听说有一本《近代统计物理》很好，就托一位亲属给他买来，仔细阅读起来；他还发现了一本好书，叫《基本粒子物理的规范理论》，很想看一看，他求一位亲属替他去买，但等买来时，邓稼先已经不在人世了。

邓稼先在第二次手术之后，还关心核废料的处理问题，这是他考虑很久的一项工程，某省省长来看望他，他说道：

"你们省的核废料一定要用某种方法处理好再深埋，即使发大水也冲不走，可保证老百姓不受污染。"

"请放心，我们都按你早就吩咐过的深埋了。"省长说道。

"我还在考虑如何化废为宝的问题。"邓稼先又眉飞色舞地说起来："就是把核废料使用上，能为国家赚钱，用过以后，核废料的危害还能排除，一举两得，该有多好。等我出院后，一定把这项研究搞好，为亿万人民造福，还希望得到你们的支持和配合。"

"邓老请放心。"省长含着眼泪说道："我们一定配合你，将化核废料为宝的研究搞好！"

邓稼先在第二次大手术后不久，身体很多部位都开始疼痛起来，有时疼得大汗淋漓，难以忍受。即使这样，他还关心着九院的工作，关心着别人，惦记着他还未完成的一部书稿……

邓稼先的病情在一天天加重，我们国家太需要这样的人才了，但是所有的人都无能为力。

释放出生命的全部光辉

5月，在北京是最美丽的季节。桃红柳绿，艳阳高照，鲜花盛开，百鸟歌唱。

1986年5月15日下午，国务院在人民大会堂召开颁奖大会，给参加研制核武器的科技工作者颁奖。其中获得科学技术进步特等奖的是一位身材高大、头发花白、年过花甲的老人，他就是邓稼先。

接着《解放军报》发表一篇文章，题目是《两弹元勋邓稼先》，直到这个时候，十亿中国人民才知道他们有一位天才的科学家，祖国才能让全世界也知道他们有这样一个了不起的儿子。

可是人们哪里知道，这位功勋卓著的科学家，已经患了晚期癌症，正在医院接受治疗。然而他的业绩，与中华民族的振兴、祖国的强大有着密不可分的关系。甚至他的业绩要超过美国的原子弹之父奥本海默、苏联的原子弹之父库尔恰托夫。

到了1986年，邓稼先已经担任了九院院长职务，同时为中共中央委员、人大代表。他主持了我国原子弹的理论设计、和于敏同志一起又主持了氢弹的理论设计。他还致力于核武器的改进、发展工作，在氢弹的实战化及新的核武器的重大原理突破与研制实验方面，做出了重大贡献。在我国当时已经进行的32次核试验中，他亲自在现场指挥的就有15次。在他所率领的九院——核武器研究院的不断冲刺中，我国的核武事业已经赶上了两个超级大国，他们有的核武器，我们不但有，他们没有的，我们也有了，而且正在研制第二代新型的核武器。就是住进了医院，邓稼先还在为研制新型的核武器不断地操劳。

在世界各国的核武器科学家中，能够坚持28年的研制工作，而且从一而终，直到患了不治之症还在拼命工作的人是少有的。邓稼先为什么能够做到？这是因为，他为了民族，为了祖国的强盛，没有丝毫私心的表现。正像有句俗语所说的，明知山有虎，偏向虎山行。他深知搞这项工作经常要接触放射性物质，可是，他一旦工作起来，就忘掉了致癌一说，全身心地投入工作，直到圆满完成工作任务为止。

进入80年代之后，他的身上已经存留不少放射性毒物，他的心里是非常明白的，所以他就争分夺秒地干工作。他内心深处，时时闪现出要告别这个世界的前兆，在紧张的工作间隙，总要怀念过去，他最眷恋的仍是他的工作，和他所接触过的一砖一瓦。

1984年的秋天，在进行了一次成功的核试验之后，

问鼎长天　强我国威

两弹元勋邓稼先

邓稼先非常高兴。这一天，恰恰是我国第一颗原子弹爆炸20周年。他乘车来到当年的试验区，想要去看一看托着原子弹爆炸的那个铁塔。九院医务所有一位年轻的李医生是他的好朋友，邓稼先特意邀请他，和他一起去。过了不久，他俩就来到荒无人烟的戈壁滩上漫步。

邓稼先又见到了当年所主持设计的原子弹爆炸后的杰作——弯曲的铁塔，烧死的骆驼刺，化成铁水的飞机、坦克、汽车残骸，变成玻璃砖模样的沙子和石块……这一切都拨响了他的心弦。他向李医生兴奋地讲起当年种种情景，而且触景生情，唱起了穆桂英探栈道的一段京剧台词：

"狂风惊沙扑人面，
雾迷衰草漫无边……"

听了这段台词，使人会联想到当年核试验时的惊险场面。

他们在爆炸中心，还看到一个石碑，上面刻着张爱萍将军的亲笔题字：

"1964年10月16日15时中国首次核试验爆心。"

李医生问："老邓，原子弹在空中爆炸时是什么样？我只看过《人民日报》上的照片，就是个大蘑菇，似乎不怎么样？"

"空爆太好看了！"邓稼先滔滔不绝地说起来："点火之后，先是看到空中出现奇异、壮丽的闪光，然后是惊天动地的雷声，隆隆地响起来……"

"像打雷一样吗？"李医生插话道。

"比你听到过的所有雷声都要大，好像都有些震耳朵。"邓稼先回答道："接着就看到一股巨大的烟柱，笔直地升起来，一会儿就变成一个蘑菇状的大火球，悬挂在高空，放射出极其耀眼的光芒……"

"像太阳吗？"李医生又插话道。

邓稼先和夫人许鹿希同杨振宁合影

问鼎长天 强我国威

——两弹元勋邓稼先

"比太阳要亮几十倍甚至几百倍，所有观看空爆的人一定要戴上特制的防护墨镜，否则你的眼睛要受不了的。"邓稼先解释道："最后大火球在空中变成了像一把大黑扫帚一样，把原先天上飘着的白云一扫而光。小李，你知道吗？空爆好看得很呐！"

"老邓，下次再有空爆，让我来亲眼看一看行不行？"李医生哀求道。

"你恐怕没有这个眼福了。"邓稼先非常遗憾地说道："从80年代中期开始，我们为了减少大气污染，都改成地下核试验了，况且我们的核武器都已经小型化，再搞空爆试验也没有必要了。"

看过铁塔，邓稼先非要到地下防护洞去看一看，一边走，一边对李医生说：

"原子弹爆炸对人类的危害是很大的，所以在空爆的同时，我们还进行了一项地下防护试验。毛主席不是说过：'深挖洞，广积粮，不称王'吗！我们在靶心地下几十米处，挖了很长一段深洞，里面放进去狗、猴子、兔子和老鼠等等，爆炸过后，这些动物安全无恙。有几只猴子现在还活着，什么病都没有。看来，原子弹、氢弹并不可怕，只要防护措施得当，什么事都没有。"

他们钻进洞里，仔细观看，里面温度很高，好像

邓稼先和他的同事们游览北京颐和园时合影

浴池一样，有被热气蒸闷的感觉。李医生说：

"我们赶紧出去吧。"邓稼先一边往里走一边说道：

"不忙，不忙，这里好好修一修，加上空调设备，有了电灯、电话，就会和大宾馆一样，住上一年半载也不会憋闷的。"

邓稼先在防护洞里走得很远，又从里面取了几块岩石，准备带回去研究。

过了几天，是个假日。邓稼先找到李医生说道：

"小李子，今天似乎是有些寂寞，我领你找一个好玩的去处好不好？"

"咱们这里没有歌舞厅，哪里有什么好玩的地方？"

"有哇！"邓稼先兴致勃勃地说道："比歌舞厅好多了，就是博斯腾湖呀，咱们游泳去好不好？"

"不行，不行！"李医生拒绝道："那里水太深，非常危险，你是院长，又是中央委员，我怎么能陪你到那里去。"

"你呀，就是胆小怕事，跟着我走，没错。人活一辈子，不到博斯腾湖玩玩，是终身的遗憾。"

在邓稼先再三"怂恿"下，李医生陪着邓稼先乘一辆吉普车，朝博斯腾湖方向驶去。

从新疆试验场基地马兰到博期腾湖的路程有几百公里，他们乘车一个上午就到了。只见绿树丛中是一望无际的碧蓝碧蓝的湖水。湖水蓝天相接，分不清哪里是水，哪里是天。邓稼先说道：

"真是'秋水共长天一色'呀！"

"这个湖有多大？"李医生问道。

"大概有一千多平方千米，云南有个滇池，号称方圆八百里，它比滇池大一倍还要多。"

"博斯腾是什么意思？"李医生又问道。

"是维吾尔语'绿洲'的意思。它是新疆最大的淡水湖，昨天晚上咱们吃的新疆大头鱼，就是这里的知名特产。"

他们一边闲唠，一边脱了衣服，跳到湖里游起泳来。他们在湖水中畅游，正在得意忘形的时候，李医生发现远处有几个小黑点向湖边走来。

"坏了。"李医生道："可能是警卫部队来了。"

他们俩迅速跑到岸上，穿好衣服。恰好警卫营副营长，率领几个战士乘车也来到湖边。副营长把李医生好顿训斥，说他不应当陪邓院长到这样危险的地方来，如果出现意外怎么办？副营长的批评，使他俩无话可说，只好乖乖地随着警卫部队返回试验基地。

1984年6月25日，是邓稼先60岁大寿，他自己清楚地记得这个不平常的日子。要是在家里，许鹿希和孩子们会庆祝一番，买上大蛋糕，插上生日蜡烛，孩子们高唱"生日快乐"歌，而在试验基地，都忙于工作，就没人给你过生日了。可是凑巧这一天，在基地会议厅里，科学家们举行学术报告会，请邓稼先参加，主持者还请他上台讲几句话。邓稼先是个不愿抛头露面的人，也羞于在大庭广众面前讲话，这次他欣然上台，侃侃而谈，使很多青年科学家感到很惊讶："老邓今天是怎么了？"

他说"我今天听了大家作的学术报告，很高兴，很激动，通过这个报告会可以看出，目前，我们九院

邓稼先

关于核武器理论的研究，在世界上是一流的，正像我们国家拥有核武器一样，也赶上了或正在赶上世界某些大国的一流的核武器。为此，我要感谢在座的各位中青年科学家，你们是九院的骄傲，也是中华民族的骄傲。这是我高兴的原因之一。我们是不是永远无休止地去搞这些研究呢？我想，不是的，如果没有超级大国在那里挥舞核大棒，我们根本不需要去研制这些玩艺儿，我们应当精心研制的是原子能发电、原子汽车、原子飞机，原子火车……就是和平利用原子能。可是有人在那里拿着核大棒在耀武扬威，想要你俯首称臣，还要侵占你的家园，怎么办？我们不得不以燧人钻木取火的精神，钻出神州核火，并使每次核试验爆出的火球闪射出华夏民族的光彩。这样，挥舞核大棒者的威风，就该收敛一些了，我们国家也就安全多了，世界也就太平了许多。这里有我们九院的功劳，也有在座的各位科学家的功劳，这是我今天高兴的原因之二。我们九院的科学家，既然能自己创造出所谓造物主迄今未释放过的强大无比的能量，当然，也能使这股科学能量促进祖国以最快的速度运行在社会主义建设的轨道上，奔向繁荣富强的未来，这是我今天高兴的原因之三。我记得，德国有一位核物理学家叫魏茨塞克的，当1945年美国在日本投下原子弹之后讲过一句话，他说：'我们这一行人，像玩火的孩子一样，真没想到会造成一场火灾。'这句话说得意味深长；而我们呢，则是把造成那场火灾的核火，变成黑夜中的太阳，要照亮世界，我们的科学家都是制造太阳的天神。所以，我要向诸位太阳神，致敬！……"

邓稼先的即席讲话之后，会场里爆发出热烈的经久不息的掌声。

会场里，一位中年科学家和他的一位同伴说道：

"今天老邓头怎么这么高兴，是不是还有别的喜事？喂，今天是几月几日？"

"6月15日呀！"那位同伴回答道。

"是什么纪念日吗？"

"噢，我想起来了！"中年科学家恍然大悟道："老邓头是1924年生人吧？6月15日是他的生日，今天是他60华诞啊！"

等他们搞明白时，会议已经结束了。他们又约一些人追到邓稼先的宿舍，向他祝寿，并说："真正的太阳神是老邓，祝太阳神生日快乐，永远为祖国、为世界放射出灿烂的光辉！"

几十年来，邓稼先为人民立下了不朽的功勋，他从不居功自傲，而是谦虚真诚，平易近人，和群众打成一片，他曾经和不少人说过，我最怕出头露面，只愿踏踏实实默默无闻地做一些实际工作。

　　那一年，邓稼先参加了党的十二大，他是代表，还被选为主席团成员，十二届中央委员。从北京回来后，有位工程师叫他邓院长，他当即捶了他一拳问道：

　　"为啥不叫我老邓了？"

　　"我想，你……"工程师支支吾吾地说道："再像以前没大没小地叫你老邓，有失体统，所以就改口叫你院长。"

　　"你呀，想得太多了。"他对这位工程师笑着警告道："敢再叫我院长，我就捶你两拳。"

　　还有一年，他陪同四川省领导去九寨沟，省领导向当地干部介绍说：

　　"这位是邓稼先同志，是研制原子弹、氢弹的九院院长，我们国家的大科学家，请他讲两句话吧！"

　　"没什么可讲的………"邓稼先竟紧张得额头冒汗，脸色煞白，半天讲不出话来。

　　邓稼先当上九院院长之后，他从不以领导自居，处处以普通劳动者的身份严格要求自己。一天，天气很热，他急于去远方的研究所参加课题讨论，见一辆崭新的空调面包车停在车库外面。他好奇地上去坐一坐，感到很凉爽。问警卫员小王道：

　　"这是哪个单位的车？"

问鼎长天　强我国威

"院里刚买来的。"小王回答。

"这车很好。"邓稼先高兴地说道：

"你去问一问车队队长，我坐这辆车去研究所可不可以？"

"你是院长，想坐就坐呗。"小王笑道："问队长干什么？"

他一听"院长"二字，立即跳下车，对着小王说道：

"这个车我不能坐，还是赶班车去吧。"

每当回北京办事，他从来都不向二机部要车，而是买一张月票，去挤公共汽车。他认为这样做心里非常踏实。甚至当他患病之后，身上挂着引流瓶，还是严格要求自己不搞特殊化；上街时，从来不要车，而是坐公共汽车。这是他的习惯，也是他的个性。这样，就使他和群众贴得很近，成为他们的兄长和知心朋友。

1985年7月到1986年7月，是邓稼先生命的最后一年，他已经感到自己在世界上活着的时间不多了。在这一段时间里，从许多事情中，显现出他人格的可贵，精神境界的高尚。他想到的都是工作、是人民和国家，唯独没有他自己。

1986年7月17日，时任国务院副总理的李鹏来到病房，授予他全国劳模的奖章和证书。这一天，邓稼先服了加倍的止痛药，穿上他平时最爱穿的灰色中山装，刮了胡须，将头发梳得整整齐齐。他诚恳地对李鹏副总理说道："核武器事业是成千上万人的努力才能取得成功的，我只不过做了一部分应该做的工作，只能做一个代表而已。"

李鹏对他说道："党和国家非常感谢您这些年来在核工业、核武器方面做出的贡献，您说的也对，这个事业当然是千百万人的事业。但是，我们也充分地估价您在这个核武器事业中做出的贡献。"

最后，他致词，感谢党和国家对他的关怀，并向党保证：

"我今天虽然身患疾病，但我要顽强和病痛作斗争，争取早日康复，早日做些力所能及的科研工作，不辜负党对我的期望。"

在他生命最后的日子里，党中央、国务院、中央军委、国防科工委、核工业部、九院的有关领导和职工，都关心他的病情，纷纷前来探望，希望他的病情能够好转。四川省委的领导还请有经验的治癌专家从成都来为他治病。

可是千万人伸出的双手，终于未能挽留住中国人民的好儿子，我们中华民族的英雄——邓稼先。

1986年7月29日，邓稼先终因全身大出血，在他女儿典典的怀抱中，与世长辞，终年62岁。

在临终前，只说了一句话：

"我——死而无憾！"

是的，邓稼先为我国的核武器研制奋斗了一生，他不仅主持设计了原子弹、氢弹，而且还取得了新型氢弹和第二代核武器等等一个又一个辉煌的成果。正像他28年前所说的，他为此而献出自己宝贵的生命是值得的。

邓稼先除了获得1986年的两项国家科学技术进步奖特等奖之外，还获得1982年的全国自然科学一等奖；1987年和1989年的两项国家科学技术进步奖特等奖；1984年，他被评为国家级中青年有突出贡献的专家；1986年7月获全国劳动模范称号，荣获国家"七五"期间第一枚全国劳动模范奖章。

邓稼先蜡像

1986年8月3日，在北京八宝山公墓礼堂举行了追悼大会。张爱萍将军致悼词。他说：

"邓稼先同志为我国的核武器研制事业兢兢业业，呕心沥血，孜孜不倦地奋斗了28年。他是我国核武器理论研究工作的奠基者和开拓者之一。为我国第一颗原子弹试验成功立下了卓越的功勋；接着又突破了氢弹技术难关，成功地爆炸了第一颗氢弹，为打破超级大国的核垄断，增强我国的国防力量，保卫世界和平都做出了不可磨灭的贡献。

"邓稼先同志是一位理论物理学家，他不仅有深厚的理论基础，而且有广博的实验、技术知识，他对核武器这个多学科的庞大系统工程有全面的了解。他勇于开拓，富有探索精神，他不仅是一位善于把理论和实际相结合、把科学和工程技术相结合的科学家，而且是一位出色的科研工作组织领导者。

"他的名字虽然鲜为人知，但他对祖国的贡献将永载史册。"

问鼎长天　强我国威

——两弹元勋邓稼先

中华魂·百部爱国故事丛书
提　　要

《誓与禁烟相始终——民族英雄林则徐》

林则徐严禁鸦片，坚决抵抗西方列强的侵略，坚持维护国家主权和民族利益。他是中国近代历史上第一位睁眼看世界的人，是抗击帝国主义殖民侵略的第一人，是中华民族抵御外侮过程中伟大的民族英雄。

《血洒虎门御敌寇——抗英将军关天培》

民族英雄关天培，在第一次鸦片战争中为了抗击英国侵略者的入侵而血洒虎门，为国捐躯，谱写了一曲可歌可泣的英雄赞歌。关天培用他的生命，书写了中国人民反抗外侮的历史。

《威震镇海靖节魂——抗敌英雄裕谦》

在第一次鸦片战争期间的众多牺牲者中，有一位官阶最高，他就是两江总督裕谦。裕谦与外国侵略者斗争立场坚定，与国内妥协派、投降派斗争态度坚决。裕谦督战镇海，与英国侵略军浴血奋战，临危不惧，以身报国，浩气长存。

《斩邪留正解民悬——太平天国领袖洪秀全》

农民出身的洪秀全，从失意文人到起义领袖，经历了长期的思想演变过程，在外敌入侵、清朝政府腐朽的历史环境之下，顺应时代的潮流，成长为一位非凡的历史英雄人物，建立了与清朝政府相抗衡的农民政权——太平天国。

《仰承汉唐　荟萃中外——近代数学家李善兰》

李善兰是我国19世纪重要的科学家之一，在数学、天文学、力学等方面都有重大建树。他继承了我国古代数学的成就，又以极大的热情传播西方科学文化，"仰承汉唐，荟萃中外"，把自己的一生献给了科学事业。

《严谨治学　勇于探索——近代著名数学家华蘅芳》

华蘅芳，中国近代数学家之一。其精通中国古算学，并熟练掌握西方近代数学，是中国验证抛物线并著书立说的参与者。为了证明"外国有的，中国也能造"而鞠躬尽瘁，在引进西方科学技术、传播科学知识上贡献卓著。

《折冲樽俎护山河——近代著名外交家曾纪泽》

曾纪泽是中国近代史上著名的爱国外交家，在中俄伊犁交涉事件中，他秉承抵抗列强、保卫国家的坚定意志，利用外交手段全力同沙俄抗争，捍卫了国家主权、民族尊严，收回了祖国的领土，在近代中国外交史上留下了光辉的一页。

《甲午海战留英名——民族英雄邓世昌》

邓世昌，北洋水师名将。本书以邓世昌的成长过程为线索，以代表性的历史故事为主要内容，还原真实的历史事件，突出鲜明的人物性格。邓世昌因在中日甲午海战中突出的英雄气概而名垂史册，书写了伟大的爱国主义篇章。

《誓与舰队共存亡——北洋水师提督丁汝昌》

丁汝昌处在清朝政府的腐朽和李鸿章的专断下，难以施展爱国的抱负，壮志未酬，愤恨而终。但丁汝昌为建立近代海军作出的巨大贡献，带领北洋舰队爱国官兵勇抗强敌的英雄事迹，将永远为后代所传颂。

《镇南关上凯歌扬——抗法老英雄冯子材》

1885年中法战争中，年逾古稀的冯子材为抵御外国侵略，勇赴国难，大败法军于镇南关，并乘胜追击，接连收复文渊、谅山等地，从根本上扭转了中法战争的局面，成为近代民族英雄的杰出代表。

《屡败法军逞英豪——黑旗军将领刘永福》

刘永福是黑旗军的创建者，是农民出身的杰出军事家、政治活动家。在19世纪发生的援越抗法、中法战争中，他率部与帝国主义侵略者进行了殊死的战斗，建立了卓越的功勋，成为我国近代史上著名的民族英雄，为后世所景仰。

《矢志变法强国家——戊戌变法领袖康有为》

康有为是清末民初最有影响力的思想家之一。他领导了中国知识界的启蒙运动，掀起了一场自上而下的政体改革。他最早在中国提出了立宪政体和具体的宪政方案，主张在坚持儒家传统和帝制的前提下，学习西方经验，他的进步思想对近代中国具有深远的影响。

《开民智以报国　普新知而图强——戊戌变法思想家梁启超》

梁启超，中国近代史上著名的政治活动家、启蒙思想家、史学家、文学家，戊戌变法领袖之一。本书以百日维新思想家梁启超的成长过程为线索，以代表性的历史故事为主要内容，还原真实的历史事件，突出鲜明的人物性格。

《我自横刀向天笑——维新志士谭嗣同》

谭嗣同在民族危机的严重时刻，投身改革救中国的洪流。为了带给祖国一个光明的未来，紧要关头，他挺身而出，用自己的鲜血激励后人，把宝贵的生命献给了变法事业。

《睡乡敢遣警世钟——用生命警策国人的陈天华》

陈天华是民主革命的活动家和宣传家。他写的《猛回头》《警世钟》等书，起到了革命启蒙的重大作用。为了激发留日学生的爱国情怀，他不惜投海自杀，演出了近代史上感人至深的一幕，给后人留下了难忘的印象。

《革命军中马前卒——民主斗士邹容》

革命乃"至尊极高，独一无二，伟大绝伦之一目的"；它是"天演之公例，世界之公理，顺乎天而应乎人"的伟大行动。因此，必须"仗义群兴革命军"。他激情高呼："革命独子万岁！中华共和国万岁！"这就是《革命军》的作者，中国近代著名资产阶级革命宣传家邹容。

《休言女子非英物——鉴湖女侠秋瑾》

为民族解放和妇女解放而英勇斗争的秋瑾，冲破封建礼教的思想牢笼，打碎封建精神枷锁，崇仰真理，追求光明，主张共和，坚持男女平等，最终献出了自己年轻的生命。

《血溅校场　杀身成仁——民主斗士徐锡麟》

本书讲述了反清志士徐锡麟弃文从武、投身反清革命事业，最终被清政府杀害的故事。出于对国家的热爱，徐锡麟献出自己的生命，他的事迹将永远激励后人深切缅怀这位民主革命的先驱。

《生可死耳　我志长存——献身民主的禹之谟》

禹之谟，民主革命党人，同盟会会员，近代资产阶级革命家、实业家。1886年，20岁的禹之谟"提三尺剑，挟一卷书"游历四方，研究西方社会政治学说，忧国忧民之心日趋强烈。戊戌变法失败，他丢掉改良幻想，倡革命救亡之说，走上民主革命道路。

《物竞天择　适者生存——资产阶级启蒙思想家严复》

严复是中国近代著名的启蒙思想家、翻译家和教育家。他长期从事教育和翻译事业，为近代中国人才培养和思想启蒙做出了重要贡献，同时他也为中国的翻译事业和中西思想文化交流做出了重要贡献。

《辛亥革命急先锋——资产阶级革命家黄兴》

黄兴，清末民初资产阶级革命家，中华民国开国元勋。黄兴在武昌首义及辛亥革命时期的爱国表现，与孙中山闻名于当时，常被时人以"孙黄"并称。本书以资产阶级革命活动实干家黄兴的成长过程为线索，歌颂了先辈伟大的爱国主义精神。

《矢志革命　百折不回——近代民主革命家廖仲恺》

廖仲恺追随孙中山踏上了创立民国与捍卫共和制的旧民主主义革命

之路；在新民主义革命时期，他为建立、巩固首次国共合作和实施三大政策，英勇奋斗，为国殉职，洒尽了一腔热血。

《将军拔剑南天起——护国英雄蔡锷》

蔡锷是中国近代史上的杰出军事家、爱国者。他的一生短暂而伟大。辛亥革命爆发，他毅然投身于革命洪流之中，领导云南重九起义，对武昌起义积极响应。袁世凯窃国复辟、恢复帝制的阴谋暴露出来以后，他又毅然举起了武装讨袁的旗帜。

《反帝反封建运动——五四青年的爱国故事》

五四运动是一次伟大的反帝反封建的爱国运动；是一个伟大的历史转折点；是中国人民的斗争从挫折走向胜利的一个关节点，它为中国的前进开辟了一条全新的道路，拉开了中国新民主主义革命的序幕。

《思想自由 兼容并包——著名教育家蔡元培》

蔡元培是中国近现代著名的民主革命家和教育家，一生经历风雨，却始终信守爱国和民主的政治理念，致力于废除封建主义的教育制度，奠定了我国新式教育制度的基础，为我国教育、文化、科学事业的发展做出了富有开创性的贡献。

《为国家争光 为民族争气——中国铁路之父詹天佑》

詹天佑是我国最早的杰出铁道工程师，因主持建造京张铁路而闻名中外，被誉为"中国铁路之父"。他为祖国的铁路事业贡献了毕生的精力。本书向读者展示了詹天佑热爱祖国、科技兴国的辉煌人生。

《实业救国 衣被天下——轻工之父张謇》

张謇是爱国实业家、教育家。他年轻时中过状元。过了40岁，开始投身工商实业活动中，他的名言是"富民强国之本在于工"。在南通，创办大生丝厂、银行等各种实业。并将创办实业的大部分所得投入教育。他的观点是，教育和实业一样，也是"富强之大本"。

《心向革命 追求光明——平民将军冯玉祥》

冯玉祥将军"是一位从旧军人转变而成的坚定的民主主义战士"。

抗日战争期间，他辗转各地，用实际行动积极抗战。日本战败投降后，他为了断绝美国的援蒋内战，又在美国四处演说，揭露蒋介石统治之黑暗，痛斥美国阴谋分裂中国的不良行为。

《刑场上的婚礼——革命烈士周文雍　陈铁军》

周文雍是广州起义的主要领导人之一。陈铁军出身于华侨商人家庭，却毅然投身革命洪流。1928年1月，两人接受派遣，回到广州假扮夫妻从事革命斗争，却不幸被捕。临刑前，两位烈士将敌人的枪声当作自己婚礼的礼炮，用生命和爱情谱写出一曲千古绝唱。

《星星之火　可以燎原——井冈山斗争的故事》

1927—1929年，毛泽东、朱德等老一辈革命家，在井冈山创建了农村革命根据地，进行了艰苦卓绝的斗争，建立了新型革命武装，点燃了工农武装革命之火，找到了农村包围城市最后夺取政权的中国革命的正确道路。

《新民学会的主要发起人——中国共产党早期革命家蔡和森》

蔡和森青年时期曾与毛泽东等人一起组织进步团体新民学会，参加五四运动，并在赴法国勤工俭学时研读大量马克思主义著作，回国后以满腔热忱投身革命事业，成为中国共产党早期重要的理论家和宣传家。

《威震黄浦江畔　高奏抗日壮歌——一·二八淞沪抗战》

面对日本侵略者的挑衅，十九路军在蒋光鼐、蔡廷锴的带领下，高举义旗，奋力一搏。一·二八淞沪抗战，是中国军人捍卫军人荣誉和祖国尊严所发出的吼声，谱写了一曲抗击日军侵略的英雄壮歌。

《将军恨不抗日死——慷慨就义的吉鸿昌》

在国难深重的20世纪30年代，吉鸿昌将军因拒绝执行国民党指示，坚决不打内战，被迫携眷出国"考察"。回国后，他加入中国共产党，组织了民众抗日同盟军，英勇打击日本侵略者，后于1934年11月被国民党反动派杀害。

《献身革命　甘于清贫——梅岭忠魂方志敏》

　　大革命失败后，方志敏凭着"两条半步枪"起家，身经百战，创建了赣东北革命根据地和红十军。本书真实记录了方志敏投身于革命、领导红军和敌人进行艰苦卓绝斗争的经历，歌颂了烈士贫贱不移、威武不屈、献身革命的高尚品质。

《奏响中华最强音——人民音乐家聂耳》

　　聂耳在他有限的生命中创作了数十首革命歌曲，在抗日救亡运动中，聂耳的这些歌曲产生了广泛深远的影响。他的音乐创作为中国无产阶级革命音乐的发展指明了方向，树立了榜样。

《横眉冷对千夫指——中国文化革命主将鲁迅》

　　鲁迅不但是伟大的文学家，而且是伟大的思想家和伟大的革命家。在那风雨如晦的黑暗年代里，他以笔为投枪，同一切帝国主义和反动派进行了顽强的战斗，为中国人民树立了一个不朽的丰碑。他是新文化战线上的一面光辉旗帜，是我们伟大民族的灵魂。

《铁流两万五千里——红军长征的故事》

　　红军长征是人类历史上的一次伟大的壮举。第五次反"围剿"失败后，中国工农红军的三大主力在极端艰难的条件下，突破国民党军队的围追堵截，进行了史无前例的战略大转移，总行程达两万五千里以上。途中发生了许多动人故事，至今令人难以忘怀。

《荣辱不移革命志——创建陕北红军的刘志丹》

　　刘志丹是杰出的无产阶级革命家、军事家，西北红军和西北革命根据地的主要创始人之一。他一生热爱人民，追求真理，英勇善战，百折不挠，艰苦奋斗，忠心赤胆，为创建红军和革命根据地、为中国人民的解放事业建立了不可磨灭的功勋。

《英名永存北平城——爱国将领佟麟阁　赵登禹》

　　1937年7月28日，日军向北平郊区发动进攻。第二十九军副军长佟麟阁奉命在南苑率部与日军苦战，腿部受伤，头部被敌机炸伤，壮烈殉国。第一三二师师长赵登禹指挥部队顽强抵抗日军，右臂中弹负伤，仍继续作战。后在转移途中遭日军截击而牺牲。

《八百壮士　四行仓库铸军魂——谢晋元和他的战友们》

八一三抗战，中国军人以血肉之躯揭开全面抗战的帷幕。这是一场血战，是中国军人不屈不挠的英雄诗篇，其中的八百壮士守四行，成为这首英雄颂歌中最动人、最凄美的音符。一曲四行保卫战，铸就了不屈的军魂。

《八女投江　气贯长虹——八位抗联女战士》

抗日战争时期，以冷云为首的东北抗日联军8名女战士，为捍卫民族尊严，面对凶残的日寇，镇定自若，宁死不屈，投江殉国，表现了中华民族同敌人血战到底的英雄气概。她们的光辉形象，激励着千千万万的后来人。

《艰苦抗战　威震敌胆——著名抗日英雄杨靖宇》

杨靖宇将军是我国著名的抗日民族英雄。曾先后担任磐石游击队政治委员、东北抗日联军第一军军长兼政委、抗日联军总司令等职。领导军民对日寇坚持了长达9个年头的艰苦卓绝的斗争，最终以身殉国。

《死也不当亡国奴——镜泊抗日英雄陈翰章》

陈翰章，从1932年8月投笔从戎，直到1940年12月8日为抗击日本侵略者，战死在镜泊湖畔。他在抗日疆场上奋战了九年，他那可歌可泣的英雄事迹将为人们永世传颂。

《名将殉国　气壮山河——抗日将军张自忠》

著名抗日将领、民族英雄张自忠，生于忧患的时代，抱有"宁为百夫长，胜作一书生"的志向，经历过失败与低谷，最终成就了慷慨人生。本书主要以人物活动为主，勾画出一个真正的"民族魂"鲜活的人生，会带给读者振奋的力量。

《宁死不辱战士名——狼牙山五壮士》

1941年日寇在河北易县"扫荡"。为掩护群众和主力部队撤退，五

问鼎长天　强我国威

——两弹元勋邓稼先

位八路军战士毅然把敌人引上了狼牙山棋盘坨峰顶绝路。弹尽粮绝、无路可退，五位英雄纵身跳下了万丈悬崖，用生命和鲜血谱写出一曲惊天地泣鬼神的壮举。

《太行浩气传千古——抗日名将左权》

左权，中国工农红军和八路军高级指挥员，著名军事家。是八路军在抗日战场上牺牲的最高指挥员。名将阵亡，太行山为之垂首，全党为之悲痛。周恩来称他"足以为党之模范"，朱德赞誉他是"中国军事界不可多得的人才"。

《虎将兴关外 抗倭统雄师——抗联英雄赵尚志》

本书描写了久经考验的共产党员、东北抗联的创建者和主要领导人赵尚志，在艰苦卓绝的条件下，坚持抗战，威震敌胆，战功卓著，忍辱负重，忠贞不屈，为国捐躯的英雄故事，为青少年读者呈上一部爱国主义的佳作。

《黄埔之英 民族之雄——抗日名将戴安澜》

抗日名将戴安澜，先后参加保定、漕河、台儿庄、武汉、昆仑关等战役，作战英勇，屡建奇功；入缅作战，"扬威国外，藉伸正义"；守东瓜，复棠吉；殒身缅北，遗恨丛林，马革裹尸，成就了光辉的一生。

《爱国志士 民主先锋——新闻出版家邹韬奋》

本书讲述了邹韬奋献身新闻出版事业的奋斗历程，展现了一位新闻工作者坚定的革命信念和炽热的爱国主义精神，全心全意为人民服务、为读者服务的奉献精神，歌颂了他的高尚情操和优良品质。

《为抗战发出怒吼——人民音乐家冼星海》

人民音乐家冼星海，青年时期在巴黎求学，饱尝屈辱与磨难；学成后毅然回到多灾多难的祖国，用满腔热忱谱写激昂的音乐，鼓舞中华儿女的斗志；奔赴延安，谱写出不朽的名作《黄河大合唱》，发出中华民族抗日救亡的怒吼。

《全民皆兵　抗击日寇——抗日战争的故事》

中国人民进行的十四年抗战，是一百多年来中国人民反对外敌入侵第一次取得完全胜利的民族解放战争。这场战争是以国共两党合作为基础，有社会各界、各族人民、各民主党派、抗日团体、社会各阶层爱国人士和海外侨胞广泛参加的全民族抗战。

《捧着一颗心来　不带半根草去——人民教育家陶行知》

陶行知是我国现代教育史上伟大的人民教育家、教育思想家。他从青年起就立志献身教育事业，以"捧着一颗心来，不带半根草去"的赤子之心，为人民的教育事业鞠躬尽瘁。

《为民主与和平拍案而起——民主斗士闻一多》

闻一多早年与梁实秋等人发起成立清华文学社。赴美留学期间由对祖国的深深眷恋而创作著名的《七子之歌》。后在西南联大任教8年，积极投身于抗日运动和争取民主的斗争，发表了著名的《最后一次讲演》。

《铁窗难锁钢铁心——革命先烈王若飞》

王若飞是我党早期杰出的无产阶级革命家。在艰苦卓绝的斗争中，他出生入死，屡建奇功，以超人的睿智和胆略，在敌人的监狱中，同敌人展开了殊死的较量，为抗战的胜利和新中国的诞生做出了卓越的贡献。

《横扫千军　还我河山——抗联名将李兆麟》

李兆麟是东北抗日联军创建人之一，他率领抗日联军历尽千难万险与日本侵略者浴血奋战，在极其艰苦的条件下，保存了抗日联军的有生力量，为东北光复做出了重大贡献。

《锄头开出新天地——解放区大生产运动》

为了解决困难，渡过难关，党中央号召党政军民齐动手，开展大生产运动。中国共产党在其控制区域内发动的一场军队屯田和鼓励生产的群众运动，达到了自己动手丰衣足食，共度难关，既进行革命又进行生产自足的目的。

问鼎长天　强我国威
——两弹元勋邓稼先

《生的伟大　死的光荣——女英雄刘胡兰》

刘胡兰，坚贞不屈的少年女英雄。生前对我国劳动人民的解放事业无限忠诚，在敌人威胁面前，大义凛然，毫无惧色，英勇牺牲，表现了共产党员的高贵品质。

《饿死不领美国救济粮——爱国知识分子的楷模朱自清》

朱自清作为爱国知识分子的典型，以锐利的笔锋直言痛斥反动政府的暴行，体现了他崇高的爱国情怀和不畏恶势力的精神品格。毛泽东曾给朱自清先生以高度评价："一身重病，宁可饿死，不领美国的'救济粮'"，"表现了我们民族的英雄气概"。

《为了新中国前进——舍身炸碉堡的董存瑞》

伟大的英雄，中国人民的儿子董存瑞，从儿童团长成长为一名光荣的解放军战士，在1948年解放隆化县城时，舍身炸碉堡，为新中国献出了自己年轻的生命。他的英雄形象永远留在人民心里。

《宁死不屈的共产党员——革命烈士江竹筠》

江竹筠，就是著名的江姐。1947年春，她负责《挺进报》工作，只几个月的时间，报纸就发行到1600多份，引起了敌人的极大恐慌。由于叛徒出卖，江姐不幸被捕，惨遭毒刑的残酷折磨，仍坚贞不屈。最后被特务秘密枪杀，年仅29岁。

《抗美援朝　保家卫国——志愿军的战斗故事》

抗美援朝战争是中国人民志愿军为援助朝鲜人民、保卫祖国安全，与美国为首的"联合国军"发生的战争。在朝鲜牺牲的志愿军烈士们，他们英勇的战斗事迹、保家卫国的精神值得我们发扬光大。

《上甘岭上壮烈歌——黄继光和他的战友们》

在1952年10月的上甘岭战役中，黄继光和他的战友们在零号阵地半山腰被敌机枪火力点压制，此时，黄继光身上已经多处负伤，手雷也已全部用光。为了完成任务，减少战友的伤亡，他用自己的胸膛堵住正在扫射的敌机枪射孔，为反击部队扫清了前进的道路。

《诗书印画　全入神品——国画大师齐白石》

　　齐白石出身贫寒，做过农活，当过木匠，后改学雕花木工，从民间画工入手，摹古人真迹，学诗文书法，融汇古今，而诗、书、印、画俱佳；他将中国画的精神与时代的精神统一得完美无瑕，使中国画得到国际的重视，无愧于"国画大师"的称号。

《毕生为文化而奋斗——中国第一出版家张元济》

　　张元济参与、主持和督导商务印书馆近六十年，使其从简单的印刷企业转变为当时中国教育出版的旗帜。张元济一生爱书，在中华大地动荡不安的年代里，他用自己对文化的热爱，续存着中华民族灿烂悠久的文明之光。

《独树一帜　梨园大师——著名京剧表演艺术家梅兰芳》

　　梅兰芳，京剧大师，演唱风格独树一帜，世称"梅派"。曾先后赴日本、美国、苏联演出，并荣获美国波摩那学院和南加州大学的荣誉文学博士学位。作为一位爱国者，抗战期间蓄须明志，拒绝为日本人演出，为后世称颂。

《华侨旗帜　民族光辉——爱国侨领陈嘉庚》

　　陈嘉庚是著名的爱国华侨领袖、企业家、教育家、慈善家、社会活动家。他为辛亥革命、民族教育、抗日战争、解放战争、新中国的建设做出了卓越的贡献。生前被毛泽东誉为"华侨旗帜、民族光辉"。

《向雷锋同志学习——伟大的共产主义战士雷锋》

　　雷锋，一个平凡而伟大的共产主义战士，一心向着党，一生秉承着全心全意为人民服务、无私奉献的崇高思想；发扬刻苦学习和钻研理论的"钉子"精神；坚持勤俭节约、艰苦奋斗的优良作风。毛泽东为其题词："向雷锋同志学习。"

《人民的好公仆——县委书记的好榜样焦裕禄》

　　焦裕禄，被誉为县委书记的好榜样。他用自己的革命精神，展开了与大自然、与社会落后现象、与病魔的多重抗争，让我们领略到一

问鼎长天　强我国威

个共产党人的生之伟大、死之壮美的人格品质和具有现实教育意义的精神魅力。

《文学巨匠　京味大师——人民作家老舍》

老舍是我国现代小说家、文学家、戏剧家。他用融入骨髓的真诚文字反映生活的喜怒哀乐。老舍的一生，总是在忘我地工作，他是文艺界当之无愧的"劳动模范"，生前被北京市人民政府授予"人民艺术家"的称号。

《革命老人——无产阶级教育家徐特立》

徐特立是一代伟人毛泽东的老师。他出生在贫苦家庭，大部分时间生活在动荡艰苦的年代；他刻苦勤奋，不畏艰辛，追求光明，一生勤俭，为革命培养了大量的人才；他对党和人民任劳任怨，鞠躬尽瘁。他坎坷奋斗的一生，留下了许多可歌可泣的故事。

《人生能有几回搏——新中国第一个世界冠军容国团》

容国团先后担任中国乒乓球队运动员、女队主教练。获得1959年男子单打世界冠军；1961年夺得男子团体世界冠军；作为中国女队主教练，1965年率女队第一次夺得女子团体世界冠军。他的"人生能有几回搏"的豪言，举国传诵。

《石油工人一声吼　地球也要抖三抖——铁人王进喜》

王进喜，新中国第一批石油钻探工人。他为祖国石油工业的发展和社会主义建设立下了不朽的功勋，在创造了巨大物质财富的同时，还给我们留下了宝贵的精神财富——铁人精神。他被评为"百年中国十大人物"，写入中华民族的光辉史册。

《做人民需要我做的事——著名地质学家李四光》

李四光是一位伟大的科学家，他一生从事地质学研究工作，足迹遍布祖国的山川，为祖国探明了许多地下宝藏；他创建了崭新的学说——地质力学；他历尽重重困难，为正确认识地质构造开辟了一条新路。

《中国化学工业的先驱——著名化学家侯德榜》

为摆脱纯碱需要进口的窘况，20世纪初，怀着"实业救国"梦想的中国化工先驱侯德榜等人创办了永利碱厂，并立志生产出中国人自己的碱。1926年，永利碱厂终于成功地生产出"红三角"牌纯碱，从此中国制碱业得以跨入世界先进行列。

《毕生求是　一丝不苟——著名科学家竺可桢》

著名科学家竺可桢献身科学研究；治学严谨，一丝不苟；一生廉洁，两袖清风；作风民主，爱护学生。他以爱国之心、报国之志，从一个民主主义者逐渐成长为一个共产主义战士。

《热爱自然的大地之子——著名植物学家蔡希陶》

蔡希陶，五十载风雨，五十载坎坷，五十载奋斗，五十载开拓，为了发现对人类生产、生活有用的植物及新物种的引进而做出巨大贡献，在中国的植物资源学史上将永远镌刻着他的名字。

《高洁无私的襟怀——知识分子的楷模蒋筑英》

蒋筑英是中国当代知识分子的先锋典范，他不为名，不为利，尊重科学；他以坚忍的毅力和顽强的作风，在科学的道路上呕心沥血，鞠躬尽瘁，无私地奉献了青春和生命。

《迎接新生命的天使——卓越的妇产科专家林巧稚》

林巧稚是国内外享有盛誉的妇产科专家。在五十多年的医学教育和临床实践中，林巧稚亲自接生了五万多婴儿，治愈了数千病人，培养了数以百计的专门人才，为我国的妇女儿童事业做出了不可磨灭的贡献。

《独自成千古　悠然寄一丘——国画大师张大千》

张大千是20世纪中国画坛最具传奇色彩的国画大师，无论是绘画、书法、篆刻、诗词无所不通。在艺术界深得敬仰和追捧，艺术家们用真挚的感情，用绘画和雕塑展现了"张大千"多彩的艺术形象。

《建造中国的通天塔——著名数学家华罗庚》

中国当代著名数学家华罗庚，为中国数学的发展做出了无与伦比的贡献，他是中国解析数论、典型群、矩阵几何等多方面研究的创始人与开拓者，也是我国最早将数学理论研究与生产实践紧密结合的科学家。

《问鼎长天　强我国威——两弹元勋邓稼先》

邓稼先是我国著名科学家，参加组织和领导我国核武器的研究、设计工作，从对原子弹、氢弹原理的突破和试验成功及其武器化，到新的核武器的重大原理突破和研制试验，作出了重大贡献。是我国核武器理论研究工作的奠基者之一，被誉为"两弹元勋"。

《敢叫天堑变通途——桥梁专家茅以升》

中国著名的桥梁专家茅以升从小立志为祖国建造桥梁，经过不懈努力，他不仅设计建造了一座座宏伟壮观、坚固实用的道路桥梁，而且搭建了一座座友谊之桥，为祖国建设作出了卓越贡献。

《蘑菇云之梦——核物理学家钱三强》

被誉为"中国原子弹之父"的核物理学家钱三强，更名后立志于科技报国；24岁投师于世界著名核物理学家居里夫妇；与夫人何泽慧合作，发现铀的"三分裂""四分裂"现象；统领我国的原子大军，做了大量创造性工作。

《两离桑梓地　满怀雪域情——领导干部的楷模孔繁森》

孔繁森，是一位一尘不染、两袖清风的好干部。两次进藏工作，历时十载，为西藏的建设、发展和稳定作出了突出的贡献。1994年11月，孔繁森不幸以身殉职。人民群众称他为新时期领导干部的楷模。

《摘取数学皇冠上的明珠——著名数学家陈景润》

陈景润是享誉世界的数学家，为了证明"哥德巴赫猜想"，他以惊人的毅力在数学领域里艰苦跋涉，终于攻克了世界著名数学难题"哥德巴赫猜想"中的"1＋2"，创造了中国乃至世界数学史上的辉煌。

《学术独步 饮誉四海——享有国际威望的科学家卢嘉锡》

卢嘉锡是一位在国际科学界享有崇高威望的物理化学家、化学教育家和科技组织领导者。1945年，卢嘉锡满怀"科学救国"的热忱回到祖国，对中国原子簇化学的发展起了重要推动作用，他所指导的新技术晶体材料科学研究，也取得了重大成绩。

《德艺双馨 梨园楷模——著名豫剧表演艺术家常香玉》

常香玉1941年赴陕甘演出。1948年在西安创办香玉剧社。1951年为支援抗美援朝，率剧社巡回西北、中南、华南各地演出，以演出收入捐献"香玉剧社号"战斗机一架，素有"爱国艺人"之誉。

《文学大师 激流勇进——著名作家巴金》

本书以巴金生平和主要事迹为线索，回顾和展示现代著名作家巴金的一生，以期让人们看到巴金在这风云变幻的100多年中，有过成功的欢欣，有过屈辱的磨难，有过痛苦的忏悔，有过平静的安宁。巴金的人生，映照着一代中国五四知识分子坎坷而不平凡的命运。

《壮心系科学 孜孜为国昌——理论化学家唐敖庆》

本书讲述了唐敖庆从出国求学、学业有成、回国任教，到服从安排、艰苦工作、刻苦钻研，最终成为中国量子化学奠基者的过程。让人们看到了这位著名化学家的赤心爱国、严谨治学、大公无私的崇高品格和科研上的卓越成就。

《中国导弹之父——著名科学家钱学森》

当第一颗原子弹升空的时候，当中国的人造卫星奏响《东方红》的时候，当中国运载火箭腾空而起的时候，当中国研制的导弹准确命中目标的时候，人们都会想起他的名字：中国导弹之父钱学森。

《中国近代力学的奠基人——著名科学家钱伟长》

钱伟长曾以中文和历史两个100分的成绩考入清华大学。九一八事变后，钱伟长毅然放弃了文科的学习而转为理科。他是中国近代力学、应用数学的奠基人之一，在固体力学、流体力学以及航空航天领域，取

115

——两弹元勋邓稼先

问鼎长天 强我国威

得了卓越的成就，为新中国的现代化建设付出了毕生的精力。

《中国光学科学的奠基人——著名科学家王大珩》

　　王大珩是我国著名的科学家，中国光学科学的奠基人。他先在清华就读，后赴英国求学，学业有成，立志科学救国，其成就享誉神州。他以科学的求是精神和赤诚的爱国情怀，探索着中国光学发展的闪光之路。